PASSEPEUR

LE TRÉSOR DES TARENTUEURS

Réalisé par
Richard Petit

boomerang

5ᵉ impression : février 2013

Créé par Richard Petit

Dépôt légal : Bibliothèque et Archives
nationales du Québec, 3ᵉ trimestre 2008

ISBN : 978-2-89595-343-2

Imprimé au Canada

Gouvernement du Québec – Programme de crédit d'impôt
pour l'édition de livres – Gestion SODEC

Boomerang éditeur jeunesse remercie la SODEC
pour l'aide accordée à son programme éditorial.

Nous reconnaissons l'aide financière
du gouvernement du Canada par l'entremise
du Fonds du livre du Canada (FLC)
pour nos activités d'édition.

edition@boomerangjeunesse.com
www.boomerangjeunesse.com

TU CROIS AVOIR CHOISI CE LIVRE ? C'EST PLUTÔT CETTE AVENTURE QUI T'A SÉLECTIONNÉ...

OUI ! Car tu es la seule personne capable de survivre à l'une des plus grandes aventures de toutes...
TON AVENTURE !
C'est lorsque tu as aidé tes grands-parents à faire leur vente de garage que tout a débuté. Dans une boîte de carton que tu as trouvée dans le grenier, il y avait des tas de vieux livres poussiéreux. Parmi eux, tu as remarqué un petit cahier entouré d'un gros élastique. Le cuir usé et sec du carnet tombait presque en décrépitude.
« Ce sont les notes de voyage de mon arrière-arrière-grand-oncle ! t'avait dit ton grand-père. Il était marin sur un grand bateau, et il a fait le tour du monde plusieurs fois, tu sais ?
Si tu le veux, il est à toi ! »
Dans le journal intime, tu as découvert plein d'histoires et des trucs captivants sur beaucoup de pays lointains. Mais c'est lorsque la couverture du petit cahier s'est brisée et détachée des pages que c'est devenu vraiment intéressant. Tu as trouvé une carte étrange et jaunie par le temps, cachée entre les couches de carton. Cette vieille carte à demi effacée parlait de créatures terrifiantes, qui, sur une île lointaine, gardaient... UN TRÉSOR FABULEUX !

Une épée redoutable

Te lancer tête première dans l'action sans te préparer serait de la pure folie. Alors, vaut mieux parfaire tout d'abord tes connaissances et tes aptitudes.

Pour t'aider dans cette mission périlleuse, tu seras accompagné d'une amie très chère… TON ÉPÉE ! Cette épée à l'effet dévastateur est une arme qu'il te faut manipuler avec soin et adresse. Si ton activité préférée est le bousillage de monstres, alors là, tu seras servi. Pour commencer, il faut t'entraîner à t'en servir.

Si tu tournes les pages de ton livre, tu remarqueras, sur les pages de gauche, une image sur laquelle il y a un monstre et ton épée. Ce monstre représente TOUS LES MONSTRES que tu vas affronter dans ton aventure. Plus tu t'approches du centre du livre, plus la lame de ton arme se rapproche du monstre. JETTE UN COUP D'ŒIL !

Lorsque, dans ton aventure, tu fais face à un monstre et qu'il t'est demandé d'essayer de le frapper avec ton épée, mets un signet à cette page, ferme ton livre et rouvre-le en essayant de viser le milieu du livre. Si tu t'arrêtes sur une image semblable à celle-ci,

TU AS RATÉ LE MONSTRE ! Alors, tu dois suivre les instructions au numéro où tu as mis ton signet. Exemple :
Tu as raté le monstre, DOMMAGE ! Rends-toi au numéro 27.

Si par contre tu réussis à t'arrêter sur une des six pages centrales du livre portant cette image,

TU T'ES DÉBARRASSÉ DU MONSTRE ! Tu n'as plus qu'à te diriger à l'endroit indiqué dans le texte où tu as mis ton signet. Exemple : *Tu as réussi à pulvériser ton ennemi, rends-toi au numéro 43.* VAS-Y ! Fais quelques essais…

Les pages du destin

Lorsqu'il t'est demandé de TOURNER LES PAGES DU DESTIN afin de savoir si un monstre va t'attraper, mets un signet à la page où tu es, et fais tourner les pages du livre rapidement. Ensuite, arrête-toi AU HASARD sur l'une d'elles. Sur les pages de droite, il y a trois icônes. Si tu retrouves cette icône-ci sur la page où tu t'es arrêté :

TU T'ES FAIT ATTRAPER ! Alors, tu dois suivre les instructions au numéro où tu as mis ton signet. Exemple : *Le monstre a réussi à t'attraper ! Rends-toi au numéro 16.*

Tu es plutôt tombé sur cette icône-là ?

ALORS, TU AS RÉUSSI À T'ENFUIR ! Tu dois donc suivre les instructions au numéro où tu as mis ton signet. Exemple : *Tu as réussi à t'enfuir ! Rends-toi au numéro 52.*

Lorsqu'il t'est demandé de TOURNER LES PAGES DU DESTIN afin de savoir si un monstre t'a vu, fais la même chose. Tourne les pages et arrête-toi AU HASARD sur l'une d'elles. Si, sur cette page, il y a cette icône-ci :

 LE MONSTRE T'A VU ! Alors, tu dois te rendre au numéro indiqué dans le texte.

Tu es plutôt tombé sur celle-là ?

 IL NE T'A PAS VU ! Rends-toi au numéro correspondant.

Afin de savoir si une porte est verrouillée ou non, fais tourner les pages et si, sur cette page, il y a cette icône-ci :

 LA PORTE EST FERMÉE ! Alors, tu dois te rendre au numéro indiqué dans le texte.

Tu es tombé sur celle-là ?

 ELLE EST OUVERTE ! Rends-toi au numéro correspondant à l'endroit où la porte s'ouvrira.

TA VIE NE TIENT QU'À UN FIL

Cette vie que tu possèdes pour cette aventure comporte dix points. À chaque coup porté contre toi, elle descendra d'un point. Si jamais elle tombe à zéro, ton aventure sera terminée, et tu devras recommencer au début du livre.

comment Tenir Le compTe

Sur la page de droite se trouve ta ligne de vie. BRICOLAGE OBLIGE ! Tu dois tout d'abord découper les petites lignes pointillées jusqu'au point rouge, et ensuite plier les dix petits rabats pour cacher complètement le squelette.

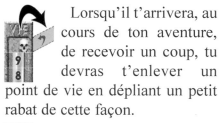

Lorsqu'il t'arrivera, au cours de ton aventure, de recevoir un coup, tu devras t'enlever un point de vie en dépliant un petit rabat de cette façon.

Chaque fois qu'il t'arrivera malheur, ce sera toujours indiqué.

Si le squelette se retrouve complètement découvert, c'est terminé pour toi. TU DOIS RECOMMENCER TON AVENTURE AU DÉBUT DU LIVRE !

RASSURE-TOI ! Au cours de ton aventure, tu pourras aussi augmenter ta ligne de vie. Tu auras alors à plier les petits rabats pour soigner tes blessures.

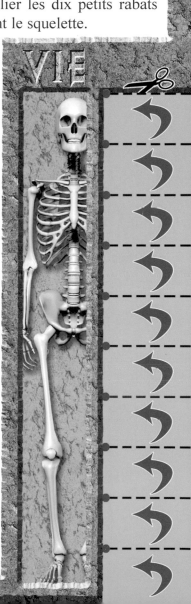

TU ES FIN PRÊT ! Ton arme entre les mains, tu fonces vers l'extérieur de la salle du point de presse du quartier général où l'action t'attend.

Rends-toi au numéro 1.

Les yeux pleins d'espoir, tu déplies la carte pour la consulter : elle est à demi effacée, mais tu y remarques une ligne sinueuse qui t'indique tout d'abord une rue longue et bordée d'arbres. Avec ton doigt, tu suis la voie qui s'élève vers une petite colline isolée de la ville sur laquelle trône une grande et sombre maison…

Soudain, ta bouche se fige dans une grimace d'épouvante. Tu viens de reconnaître cette très vieille construction aux formes lugubres qui est dessinée… C'EST LE MANOIR MAURATOUS !

Les gens de la ville racontent que des choses abominables s'y sont passées. Il y a de cela des années, une nuit, il y eut un orage effroyable, et des cris retentirent dans tout le voisinage. Alertés, les policiers qui arrivèrent sur les lieux ne purent trouver dans la sombre demeure que des vêtements froissés sur le plancher. Le corps des derniers propriétaires avait disparu. Après cet incident, les autorités avaient condamné le manoir, qui, depuis, a été laissé à l'abandon.

On raconte aussi qu'il serait même arrivé quelque chose de très grave aux démolisseurs chargés de détruire l'étrange demeure. Eux aussi n'ont jamais été revus. Tout le monde évite le secteur comme la peste, car une rumeur court que des personnes décédées apparaissent de façon surnaturelle lorsque le soleil est couché.

Même si une petite visite de cette vieille baraque semble très risquée, la perspective de devenir immensément riche est pour toi trop irrésistible…

Tu lèves les yeux vers ta première étape et tu te rends au numéro 2.

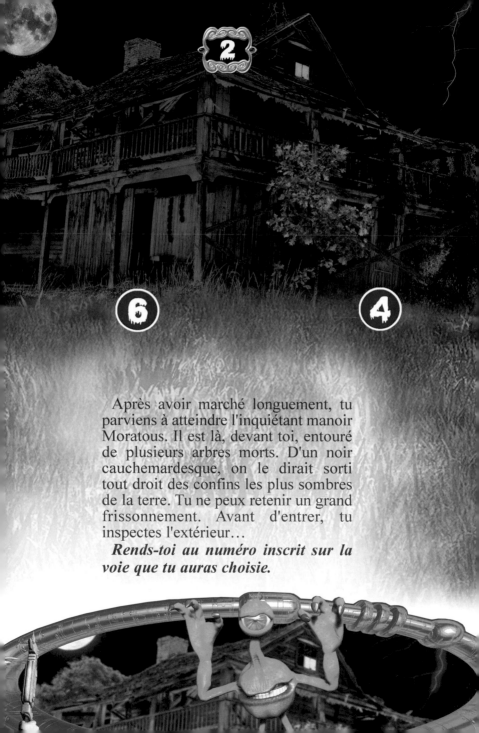

6 **4**

Après avoir marché longuement, tu parviens à atteindre l'inquiétant manoir Moratous. Il est là, devant toi, entouré de plusieurs arbres morts. D'un noir cauchemardesque, on le dirait sorti tout droit des confins les plus sombres de la terre. Tu ne peux retenir un grand frissonnement. Avant d'entrer, tu inspectes l'extérieur…

Rends-toi au numéro inscrit sur la voie que tu auras choisie.

3 QUELLE MALADRESSE ! Tu n'es même pas capable d'atteindre ce zombi hyper lent avec ton arme. TANT PIS ! Il tend ses deux bras et il te saisit le cou.

Déplie un rabat pour enlever un point à ta ligne de vie, puis va au numéro 19.

4 À peine as-tu introduit ta tête dans la fenêtre brisée que tu t'égratignes le cou avec un éclat de verre. Le sang qui coule attire soudain une nuée de gros maringouins assoiffés. Pour éviter leurs piqûres, tu te précipites sans réfléchir. Tu tombes lourdement à l'intérieur du manoir sur un fauteuil poussiéreux, pour ensuite terminer ton plongeon sur le plancher.

Enlève un point à ta vie pour l'égratignure, et deux autres parce que tu es tombé sur une peau d'ours pourrie et pleine de parasites… Lève-toi vite au numéro 24.

5 Tu te retrouves vite pris au piège entre des vestiges de la muraille de pierres qui entourait le domaine et les zombis. Ils sont en furie et affamés de cerveaux humains. Tu te rappelles soudain avoir lu dans un journal qu'un chasseur qui avait été attaqué par un ours dans la forêt avait eu la vie sauve parce qu'il avait fait le mort devant le dangereux mammifère. Ce dernier, n'étant pas un charognard, avait abandonné sa proie.

Faire le MORT pour berner des MORTS-VIVANTS ? Est-ce que ça fonctionnerait aussi ?

Si tu crois que oui, eh bien, va jouer l'artiste de la scène au numéro 9.

Si tu préfères les confronter avec ton épée, rends-toi au numéro 12.

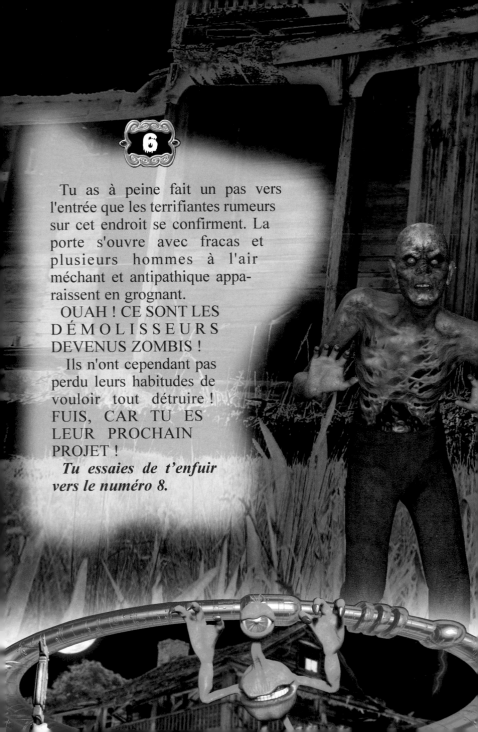

6

Tu as à peine fait un pas vers l'entrée que les terrifiantes rumeurs sur cet endroit se confirment. La porte s'ouvre avec fracas et plusieurs hommes à l'air méchant et antipathique apparaissent en grognant.

OUAH ! CE SONT LES DÉMOLISSEURS DEVENUS ZOMBIS !

Ils n'ont cependant pas perdu leurs habitudes de vouloir tout détruire ! FUIS, CAR TU ES LEUR PROCHAIN PROJET !

Tu essaies de t'enfuir vers le numéro 8.

LES PAGES DU DESTIN

7 Tu as bien vu ce piège… QUEL SENS DE L'OBSERVATION TU AS ! Tu le contournes avec prudence. De l'autre côté, derrière une porte à demi ouverte, tu remarques de grandes étagères avec des tas de livres.

Avec précaution, tu pousses la porte et tu entres au numéro 27.

8 Le regard figé vers les zombis, tu recules. Soudain, ton dos percute quelque chose. Un arbre ? Non, car c'est mou, et ça sent très mauvais ! Effrayé, tu fermes les yeux et tu glisses la main derrière ton dos. Tes doigts touchent tout à coup des os, de la chair en décomposition… ET DES ASTICOTS QUI FRÉTILLENT ENTRE TES DOIGTS !

Tu tournes la tête vers le numéro 11.

9 Tu poses tes deux mains sur ta poitrine et tu feins d'avoir une crise cardiaque. Après avoir exécuté tout ton répertoire de grimaces devant les zombis, tu te laisses choir sur le sol dans une immobilité complète. Figé comme une statue, tu les sens bouger autour de toi. Tu voudrais ouvrir les yeux pour savoir si ta ruse a fonctionné, mais tu sais que tu ne peux pas. Une haleine fétide arrive tout à coup à tes narines. Tu ouvres juste un petit peu ton oeil droit. Au-dessus de ta tête, l'un des zombis s'apprête à te croquer le crâne pour bouffer ton cerveau juteux…

Va au numéro 16.

NEKRO OMICON

LE LIVRE DES MORTS

30

28

Codex serpenticus

44

LE LIVRE FAVOURITE DES POTIONS ET RITUELS

35

Sorts, incantations et malédictions

33

Le Bestiaire de Drakken

Rends-toi au numéro inscrit près du livre que tu désires consulter.

LES PAGES DU DESTIN

11

En apercevant cette tête complètement horrible, tu tombes à la renverse, **BANG !** sur une planche de cercueil. AÏE ! AÏE ! Elle est couverte de clous rouillés ! *Déplie deux rabats pour enlever deux points à ta ligne de vie et va ensuite au numéro 15.*

12 Le plus grand zombi avance vers toi, la gueule grande ouverte. Ses mains et ses bras tendus sont horriblement décharnés et il est couvert de crasse. Ses deux yeux sont sortis de ses orbites et pendouillent de façon répugnante sur les joues de son visage décomposé. Tu retiens un haut-le-coeur et tu lèves ton épée pour le frapper.

Mets un signet à cette page, ferme ton livre, et essaie de l'ouvrir en visant bien le centre.

Si tu rates ton coup, rends-toi au numéro 3.

Si tu réussis à atteindre ton ennemi, va au numéro 14.

13 Tu tournes la tête. Les zombis ne sont nulle part derrière toi. Tu es parvenu à les semer, OUF ! C'est une chance, car tu es arrivé au bout d'un quai et tu n'aurais pas pu continuer. Sous la plateforme fragile, une rivière malsaine coule. C'est lorsque tu te mets à examiner les alentours du cours d'eau que, sous tes pieds, plusieurs planches cèdent. Tu tombes dans l'eau putride.

SPLOOUUCH !

Déplie deux rabats pour enlever deux points à ta ligne de vie et va ensuite au numéro 21.

14 **ZRAAAK !** La lame de ton épée frappe de plein fouet le zombi qui, décapité, s'effondre aussitôt sur le sol boueux. Une question te vient soudain à l'esprit : est-il possible de tuer une créature déjà morte ? NON ! Et tu as raison, car le corps sans tête du monstre se relève péniblement et lentement pour contre-attaquer. Tu brandis de nouveau ton arme en direction des autres morts-vivants. Par crainte de perdre la tête eux aussi, ils se mettent à reculer.

… Tu les contournes pour revenir au numéro 2.

LES PAGES DU DESTIN

15 Tu te remets rapidement sur tes deux jambes et tu décampes. Derrière toi, la horde de zombis gagne du terrain. Vont-ils parvenir à t'attraper ?

Pour le savoir… TOURNE LES PAGES DU DESTIN !
Mets un signet à cette page, ferme ton livre et rouvre-le au hasard.

Si tu es tombé sur l'icône de la main, cela signifie qu'ils t'ont attrapé. Va au numéro 5.

Si tu es plutôt arrêté sur une page portant l'icône de l'espadrille, BRAVO ! Tu as réussi à t'enfuir. Cours alors jusqu'au numéro 13.

16 Tu ressens la douleur atroce de sa morsure. Tu bondis sur tes pieds et tu pousses le zombi de toutes tes forces. Déséquilibré, il tombe à la renverse sur le deuxième, qui, lui, tombe sur le troisième. L'effet domino se poursuit jusqu'au dernier zombi et ils se ramassent tous au sol, pêle-mêle.

Tu t'enfuis en courant vers le numéro 20.

17 Sous tes pieds, la trappe s'ouvre et tu tombes. Tu t'accroches au rebord de justesse. Tu penches la tête et aperçois un squelette transpercé de pics rouillés. Tu as des tas de projets dans la vie, mais pas celui de ressembler à du fromage gruyère.

Tu conjugues toutes tes forces afin de te hisser au numéro 23.

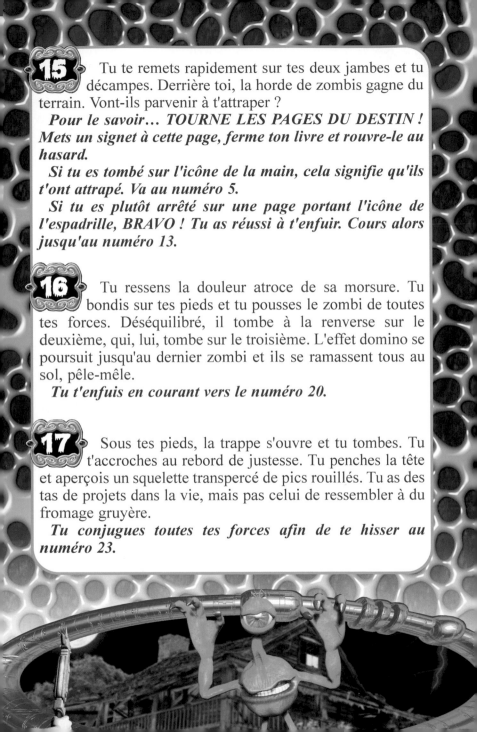

18 Si tu avais été en compétition de natation à des Jeux olympiques, tu aurais certainement gagné une médaille. Hors de l'eau, tu constates cependant que lors de ta petite trempette, tu as perdu une espadrille. Tu boites en direction d'un cimetière isolé où tu aperçois un cercueil sans locataire, à demi sorti du sol. Voilà d'où provenait l'un de ces terrifiants zombis. À l'intérieur, COUP DE CHANCE ! Il y a une paire de souliers, de ta taille en plus.

Avec tes nouvelles chaussures, tu repars vers le numéro 2. Parce que c'est complètement dégoûtant de mettre les chaussures d'un zombi, enlève un point à ta ligne de vie.

19 Secouée dans tous les sens, ton épée quitte ta main et se met à virevolter dans les airs. Elle fait quelques tours puis retombe, lame première, directement sur la tête du zombi. Foudroyé, il tombe sur ses genoux osseux, devant toi. Tu extirpes ton arme de sa tête et tu menaces les autres. Saisis de panique, les zombis s'écartent de ton chemin…

… pour te laisser retourner au numéro 2.

20 Loin de la horde de bouffeurs de cerveaux, tu touches ta tête pour voir les dégâts. AÏE ! TU AS UN TROU DANS LE CRÂNE ! Bon ! Il est certain que maintenant tes notes scolaires vont baisser considérablement puisqu'il te manque un morceau de ton cerveau, mais au moins, tu es toujours en vie…

Prends deux comprimés pour le mal de tête, déplie trois rabats pour enlever trois points à ta ligne de vie, puis retourne ensuite au numéro 2.

LES PAGES DU DESTIN

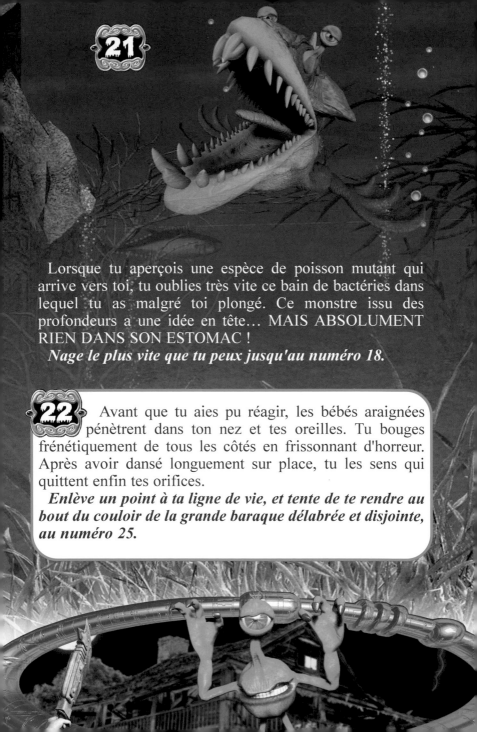

21

Lorsque tu aperçois une espèce de poisson mutant qui arrive vers toi, tu oublies très vite ce bain de bactéries dans lequel tu as malgré toi plongé. Ce monstre issu des profondeurs a une idée en tête… MAIS ABSOLUMENT RIEN DANS SON ESTOMAC !

Nage le plus vite que tu peux jusqu'au numéro 18.

22

Avant que tu aies pu réagir, les bébés araignées pénètrent dans ton nez et tes oreilles. Tu bouges frénétiquement de tous les côtés en frissonnant d'horreur. Après avoir dansé longuement sur place, tu les sens qui quittent enfin tes orifices.

Enlève un point à ta ligne de vie, et tente de te rendre au bout du couloir de la grande baraque délabrée et disjointe, au numéro 25.

23 Alors que tu es en pleine manœuvre pour t'extirper d'une mort certaine, ton visage arrive à la hauteur du plancher, face à face avec un rat maigrichon, en manque flagrant de nourriture, et aussi d'affection. Il colle affectueusement son nez sur le tien. Ses moustaches te chatouillent au point de te faire tomber.

Tu fermes les yeux et tu attends le choc au numéro 26.

24 Te voici enfin entré dans ce misérablement célèbre manoir dont tout le monde parle. À l'intérieur, un grand désordre règne. Les rideaux déchirés pendent aux fenêtres sales et il y a des toiles d'araignées partout. Une odeur nauséabonde se dégage de la nourriture en putréfaction. Pas facile de croire que cet endroit en décrépitude avancée est la première étape vers ta richesse. Tu consultes la carte que tu as trouvée dans le journal. TIENS ! Il y a plusieurs livres dessinés. Tu lèves la tête vers un couloir…

Direction la bibliothèque au chapitre 29.

25 Devant, un piège te guette ! Sur le plancher, il y a une trappe. Si tu marches sur cette trappe, elle s'ouvrira sous tes pieds et tu tomberas vraisemblablement dans un trou profond au fond duquel se trouvent de longs pics mortels. Vas-tu l'apercevoir avant d'y poser les pieds ?

Pour le savoir… TOURNE LES PAGES DU DESTIN !
Mets un signet à cette page, ferme ton livre et rouvre-le au hasard.

Si tu tombes sur un œil ouvert, tu as vu le piège. Va au numéro 7.

Si tu t'es arrêté sur un œil fermé, tu ne l'as pas vu !
MALHEUR ! Rends-toi au numéro 17.

26 **BANG !** Tes deux pieds viennent de heurter le fond du trou, entre deux pics. Tu ouvres un œil. C'est toujours une joie de savoir qu'on est encore en vie lorsqu'on pense qu'on est mort, n'est-ce pas ? Comment te sortir de là maintenant ? Par où es-tu arrivé ? Non ! Trop haut. Tu te penches et aperçois une étroite galerie. Bon ! Il y a peut-être des rats dans ce trou puant, mais s'ils sont comme celui que tu viens de rencontrer, tu n'as vraiment rien à craindre.

Enlève deux points à ta ligne de vie et jette-toi à genoux pour ramper dans le passage jusqu'au numéro 2.

27 Les livres dans les bibliothèques sont si vieux que plusieurs tombent en ruine lorsque tu tentes de les prendre. Avec persévérance, tu parviens cependant à en trouver cinq, intacts, que tu déposes sur un pupitre. Si tu as bien compris la carte, l'un de ces livres contient l'indice qui te conduira à la prochaine étape de cette chasse au trésor.

Consulte-les au numéro 10.

28 Tu as choisi le Codex serpenticus, car il possède une serrure. Ton grand sens de la logique te dit que tu vas trouver quelque chose d'une grande valeur ou une information importante. Cependant, est-il verrouillé ?

Pour le savoir… TOURNE LES PAGES DU DESTIN ! Mets un signet à cette page, ferme ton livre et rouvre-le au hasard.

Si tu es tombé sur un trou de serrure noir, le livre est malheureusement verrouillé. Retourne au numéro 10 pour en choisir un autre.

Si tu es tombé sur un trou de serrure blanc, SUPER ! Le livre est déverrouillé ! Ouvre-le au numéro 37 pour voir ce qu'il contient.

29 Tu avances lentement en touchant les murs de chaque côté de toi pour te guider. Soudain, ton visage se colle sur la toile d'une grosse araignée qui, elle, se met à courir sur ta tête. Du revers de la main, tu la frappes et la sors de tes cheveux. Sur un grand miroir, elle s'écrase. De son corps éclaté, mille autres petits arachnides jaillissent et te sautent dessus.

Rends-toi au numéro 22.

30 Le Nekro Omicon est le livre des morts. Tu l'ouvres pour voir si ton nom n'y figurerait pas. Tu parviens à trouver celui de tes ancêtres, dont celui de tes arrière-grands-parents. Tu fermes les yeux, car tu as peur d'y voir celui de tes parents, ou celui d'Ernesto, ton poisson rouge. Une page plus loin, tu trouves le tien…

Pour chaque lettre de ton prénom, enlève un point à ta ligne de vie. Si tu es encore en vie, retourne au numéro 10 afin de choisir un autre livre.

31 Ayant le Codex serpenticus toujours entre tes mains, tu te demandes combien de temps il te reste à vivre. La seule page restante du livre mentionne que la morsure du serpenticus cause la mort en deux mois à peine. La seule façon de contrer l'effet néfaste du poison est l'absorption des pétales d'une kiroudia, une fleur très très rare qui ne pousse que sur les hautes montagnes enneigées du Tibet. Alors, tu as moins de deux mois pour trouver le trésor et te payer une excursion en Asie pour trouver cette fleur.

Parce que le venin circule dans tes veines, enlève quatre points à ta ligne de vie, puis retourne au numéro 10 afin de choisir un autre livre.

LES PAGES DU DESTIN

32 Tu avances vers la cheminée et tu pousses tout de suite le crâne sculpté. Dans un grincement d'enfer, CRIIIIII ! une partie de la cheminée pivote sur elle-même, projetant autour d'elle un nuage opaque de poussière.

Tu attends quelques secondes et tu pénètres la tête la première dans un sombre tunnel qui te conduit au numéro 36.

33 Le Bestiaire de Drakken est le traité didactique inventoriant les monstres qui hantent les cauchemars, et aussi… LA RÉALITÉ ! Cyclopes, chimères, loups-garous. ILS Y SONT TOUS ! Ton regard s'arrête sur l'image d'un dragon. Le texte explique, entre autres, que la seule façon de tuer ces monstres volants qui crachent du feu est d'invoquer un dragomer, qui lui, crache de l'eau. Pour ce faire, il faut prononcer l'incantation suivante : OURGA-TRAX-MYURE ! Tu la répètes plusieurs fois dans ta tête, car cette évocation pourrait peut-être un jour te servir…

Retourne au numéro 10 pour regarder un autre livre…

34 Tu gonfles tes muscles et tu fonces ! Avec une agilité que tu ne te connaissais pas, tu esquives les assauts des tentacules. Derrière toi, les visages rentrent dans leur tableau respectif, frustrés de ne pas avoir pu t'attraper.

Rends-toi maintenant au numéro 53.

35 Tu ouvres le livre Sorts, incantations et malédictions à une page au hasard et tu te mets à lire un curieux texte qui te semblait illisible à première vue : *La sotrie du moinar se tuorve dnas le soaln. Il fuat peossur sur le cnâre de la céhimene puor orvuir le pagsase cahcé.*

Le message déchiffré, tu déposes le livre et tu te diriges tout de suite vers le salon, au numéro 40.

36 Autour de toi, les murs de brique font place aux parois humides d'une grotte sinueuse. Un point lumineux devant toi apparaît et grandit à vue d'œil. NOOON ! Pas encore des…

T'INQUIÈTE PAS ! C'est seulement la sortie du manoir.

Au numéro 42.

37 À peine as-tu soulevé la couverture qu'un petit serpent à deux têtes jaillit d'un compartiment creusé à même les pages du livre. SERPENTICUS = SERPENT ! Tu aurais dû y penser, au moins faire preuve d'un minimum de prudence. Pour te remercier de l'avoir libéré, cet ingrat de reptile s'enroule autour de ton bras et te mord. Ses quatre crocs s'enfoncent dans ton doigt. Soulagé de son venin, il déguerpit ensuite par une fissure dans le plancher.

Va au numéro 31.

38 C'EST RATÉ ! Mais c'est une chance, car aucune arme ne peut te débarrasser d'un fantôme. Ce dernier tourne la tête et te fixe de ses yeux étincelants. Tu voudrais tout à coup être ailleurs qu'ici, n'importe où, même dans un bain de bave rempli de dentiers… POOOUUUAH !

Va au numéro 51.

39 Comme tu le sais très bien, croiser un chat noir est synonyme de malheur. Soudain, tu te mets à trembler et tes doigts, eux, se mettent à geler. Des glaçons se forment sous tes yeux. Envoûté par le livre, tu te retrouves complètement figé, comme une statue. Il te faudra des heures avant de pouvoir bouger à nouveau.

Il y a cependant un avantage, tous les points de ta ligne de vie sont revenus. Retourne au numéro 10.

40 Le grand escalier du manoir te conduit dans un passage bordé de tableaux lugubres. Effrayé par tous ces visages terrifiants qui semblent te regarder, tu marches, discret comme un courant d'air, droit devant, pour le traverser au plus vite. À peine as-tu fait quelques pas que des têtes sortent des toiles autour de toi. De leur bouche jaillit tout à coup de longs et gluants tentacules qui ondulent dans ta direction. Vont-ils parvenir à t'attraper ? Pour le savoir…

TOURNE LES PAGES DU DESTIN !
S'ils t'attrapent, va au numéro 43.
Si tu réussis à t'enfuir, cours jusqu'au numéro 34.

41 Cet arbre étrange a un tronc, des branches… DES YEUX ET UNE BOUCHE POUR PARLER ! Alors que tu secoues la tête d'étonnement, l'arbre te dit d'une voix atone : PAAAR LÀÀÀ, LE TRÉÉÉSOR !

Et puis, il fige comme tous les autres arbres autour de lui. Alors là, maintenant, tu auras tout vu et tout entendu. Mais où dois-tu aller ? Les branches de l'arbre pointent dans plusieurs directions…

Examine l'arbre au numéro 45.

42 Hors du manoir Mauratous, tu ne reconnais pas cette forêt morte qui s'étend devant toi parce que… PERSONNE NE S'EST JAMAIS RENDU JUSQU'ICI !

Tous les arbres sans feuilles sont complètement immobiles sauf un. Ses branches bougent comme si elles étaient balayées par des bourrasques furieuses. Pourtant, il ne vente pas !

Rends-toi au numéro 41.

43 OH OH ! Chacun des tableaux désire un petit morceau de toi, car plusieurs tentacules visqueux t'ont attrapé les deux bras et tirent dans toutes les directions. Dans un ultime et, il faut le dire, tout à fait dégoûtant geste de désespoir, tu mords à pleines dents dans l'un d'eux comme s'il s'agissait d'une pomme.

Va au numéro 49.

44

Le Livre envoûté des potions et rituels ! Même si ça te semble un peu risqué, tu poses tes doigts sur la couverture pour l'ouvrir. COMME C'EST ÉTRANGE ! Elle est glacée, comme si le livre avait été entreposé dans un congélateur. Tu tournes les pages une à une et tu t'arrêtes sur celle où il y a deux chats… DEUX CHATS NOIRS !

Tu ravales ta salive et tu te rends au numéro 39.

LES PAGES DU DESTIN

54

45

52

48

Rends-toi au numéro inscrit au bout de la branche qui, selon toi, indique la direction du trésor.

46 N'écoutant que ton courage, mais cependant pas ta logique, tu fonces vers l'un des fantômes pour le frapper avec ton épée. Vas-tu l'atteindre avec ton arme ?

Mets un signet à cette page, ferme ton livre et essaie de l'ouvrir en visant bien le centre.

Si tu rates ton coup, va au numéro 38.

Si tu réussis à le toucher avec ton épée, rends-toi au numéro 47.

47 Sais-tu qu'il y a un dicton pour dire qu'une action est complètement inutile ? On dit : un coup d'épée dans l'eau. Eh bien, on peut aussi dire : un coup d'épée sur un fantôme, car ce revenant… N'A RIEN SENTI ! Ton épée est passée à travers lui comme dans de la fumée. Cependant, ton manque de respect évident pour des ancêtres revenus des morts l'a mis en rogne. Il tend ses deux bras et t'arrache une partie de ton énergie vitale.

Enlève trois points à ta ligne de vie et rends-toi au numéro 51.

48 Tu te jettes dans un long sentier caillouteux qui débouche sur une petite clairière. Tout autour, il y a de grandes plantes vertes. Curieusement, elles pointent toutes leurs feuilles vers toi. Tu fais un pas vers l'avant et toutes les feuilles te suivent. OH NON ! DES PLANTES CARNIVORES ! Combien de fois as-tu entendu ta mère dire que TOUS les légumes étaient bons pour la santé ? EH BIEN, ELLE AVAIT TORT ! Alors que tu tentes de reculer pour rebrousser chemin, l'une d'elles t'écorche le bras.

Enlève deux points à ta ligne de vie et retourne au numéro 45.

49 Le tentacule se tord de douleur, et retourne dans son tableau. La main et le bras droits maintenant libres, tu tires ton épée de son fourreau et tu frappes tout ce qui se tortille autour de toi. Sur le plancher, plusieurs tentacules frétillent maintenant comme des gros vers au soleil.

Blessé aux deux bras, tu enlèves trois points à ta ligne de vie, et tu les enjambes avec précaution pour te rendre au numéro 53.

50 Soudain, les feuilles frémissent et la jolie tête d'un petit écureuil apparaît. ALORS VOILÀ LE MONSTRE QUI SÈME LA PANIQUE DANS CETTE FORÊT ? Tous des pleutres ces fantômes qui te hantaient… Alors que tu t'approches du petit rongeur, tu remarques que son corps s'est greffé au corps d'un ours, d'un loup, d'un raton laveur et d'un serpent pour former une espèce de monstre chimérique sorti tout droit de tes pires cauchemars. Alors que tu recules, l'écureuil crache un jet de glu acide qui te brûle la peau de la main droite. Vif comme l'éclair, tu parviens cependant à t'éloigner de lui…

… et retourner au numéro 45, avec trois points de ta ligne de vie en moins.

51 Autour de toi, les fantômes se rassemblent. Tu te dis que maintenant, c'est certain, tu vas sortir de ce foutu manoir avec un tas de blessures. Tu fermes les yeux et tu attends. Une longue minute passe sans que rien se produise.

Tu ouvres un œil au numéro 55.

52 Un long sentier caché sous des arches macabres de branches mortes débouche devant une vieille usine désaffectée. Tout près du bâtiment, il y a une pancarte « Danger ». Est-ce là la prochaine étape ? Tu consultes ta carte et remarques que cette usine y est dessinée dans ses moindres détails… TU ES SUR LA BONNE VOIE !

Rends-toi au numéro 56.

Lorsque tu émerges du couloir, tu arrives face à face avec des lumières bleues qui flottent devant l'entrée du salon... DES FANTÔMES ! Peste soit de ce maudit manoir, il est rempli de créatures effroyables...

Rends-toi au numéro 46.

54 La branche de l'arbre pointe en direction d'un grand bosquet feuillu. Alors que tu t'y diriges, la forêt devient horriblement silencieuse et tous les fantômes qui te hantaient quittent en vitesse ton corps. Cela, il faut l'avouer, est de très mauvais augure. Mais ta curiosité l'emporte sur ta peur. Tu veux savoir quelle espèce de terreur se cache entre ces arbustes.

Avance jusqu'au numéro 50.

LES PAGES DU DESTIN

55 Les fantômes ont disparu ! Mais où sont-ils allés ? Alors que tu pousses un long soupir de satisfaction, l'un d'eux sort de ta bouche, et entre aussitôt dans ton corps lorsque tu t'arrêtes. OUAILLE ! Tu es la première personne à être hantée par des fantômes. BON ! Si jamais tu ne trouves pas le trésor des Tarentueurs, tu pourras au moins faire beaucoup de sous en vendant ton histoire à une compagnie cinématographique qui en fera un film…
Rends-toi près de la cheminée au numéro 32.

56 La vieille usine se dresse devant toi, austère et inhospitalière.

En dépit de tes appréhensions, tu avances vers l'entrée. Les fenêtres aux carreaux brisés te regardent comme des yeux d'aveugle.

Tu montes les marches jusqu'au numéro 60.

57 Tu fais glisser la dernière pièce, et la porte s'ouvre dans un grincement qui te force à te boucher les oreilles. CHRIIIIIII ! À l'intérieur, en plus de sentir très mauvais, il tombe des gouttes d'huile du plafond !

Comme si tu portais à tes pieds des patins à roues alignées, tu glisses sur le plancher jusqu'au numéro 69.

58

61   **70**

Rends-toi au numéro inscrit sur la voie que tu désires emprunter.

59 Tu introduis la fiche dans la prise et tu appuies tout de suite sur le gros bouton. Un grondement résonne et la machine ainsi qu'une petite trappe à sa base s'ouvrent. Tu te penches pour regarder. EXCELLENT ! Il y a un tunnel qui conduit dans une autre salle…

… au numéro 92.

60 Sur la porte, tu ne remarques aucune poignée, ni aucun trou de serrure. Il y a seulement une drôle de plaque en métal composée des quatre pièces séparées d'un masque étrange. Tu comprends alors qu'il s'agit du mécanisme servant à ouvrir la serrure. Si tu parviens à les emboîter l'une dans l'autre pour reformer ce masque… LA PORTE S'OUVRIRA !

Va faire une tentative au numéro 64.

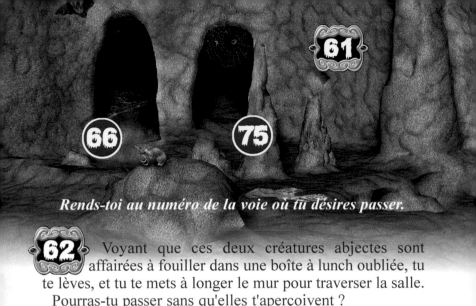

Rends-toi au numéro de la voie où tu désires passer.

62 Voyant que ces deux créatures abjectes sont affairées à fouiller dans une boîte à lunch oubliée, tu te lèves, et tu te mets à longer le mur pour traverser la salle.

Pourras-tu passer sans qu'elles t'aperçoivent ?

Pour le savoir… TOURNE LES PAGES DU DESTIN ! Mets un signet à cette page, ferme ton livre et rouvre-le au hasard. Si tu tombes sur un œil ouvert, LES RATS MUTANTS T'ONT VU ! Cours jusqu'au numéro 72.

Si tu t'es arrêté sur un œil fermé, ils ne t'ont pas vu ! Rends-toi doucement au numéro 93.

63 EN ES-TU CAPABLE ? Pour le savoir, mets un signet à cette page, ferme ton livre Passepeur, et dépose-le debout, dans ta main bien ouverte.

Si tu es capable de faire trois pas vers l'avant, sans que ton livre Passepeur ne tombe par terre, eh bien, tu auras réussi à traverser de l'autre côté de l'ouverture, jusqu'au numéro 87.

Si, par contre, ton livre est tombé avant que tu aies pu faire trois pas, ZUT ! tu tombes dans la glu, au numéro 86.

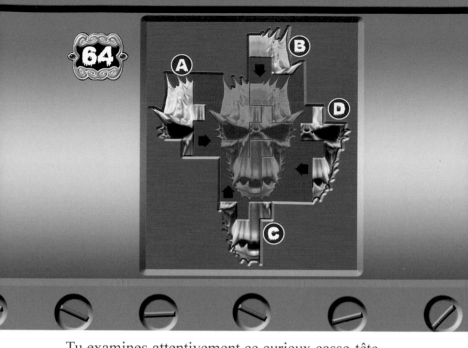

Tu examines attentivement ce curieux casse-tête.

Si, pour ouvrir la porte, tu crois qu'il faut que tu pousses les pièces dans cet ordre : A, C, D et ensuite B, rends-toi au numéro 57.

Si tu penses plutôt que c'est dans cet ordre-ci : D, B, C et ensuite A, rends-toi alors au numéro 67.

65 À peine as-tu introduit la fiche dans la prise que SCHRAAAAK ! un éclair foudroyant provenant de l'électrode te frappe directement sur la tête. Tu es tout étourdi et de la fumée sort de tes oreilles. DÉBRANCHE TOUT DE SUITE CE FIL DE MALHEUR !

Enlève quatre points à ta ligne de vie et retourne au numéro 89.

61 **73** **66**

Rends-toi au numéro où tu veux aller.

67 Alors que tu tentes de pousser la troisième pièce, tu constates que la deuxième l'empêche de bouger. OUPS ! tu as fait une erreur… UNE GROSSE ERREUR ! Une scie, ronde et tranchante, surgit soudain d'une fente à tes pieds. CHLIIIING ! Tu gonfles tes muscles et tu sautes pour t'accrocher et te libérer de ses dents mortelles. Suspendu au cadre de la porte, tu sens la lame qui frotte sur ton jean qui, lui, se déchire. Soudainement, la lame s'arrête et disparaît entre les marches. Tu te laisses tomber.

Parce que tu n'as subi qu'une petite égratignure, *enlève un point à ta ligne de vie*. Mais parce que tu viens aussi de faire un grand trou dans ton jean tout neuf, *enlèves-en deux autres*, car tes parents ne seront vraiment pas contents.

Retourne au numéro 64.

68 Ton visage s'illumine d'un grand sourire, car tu n'es jamais passé par ici. Depuis le temps que tu tournes en rond… Le passage donne sur un escalier qui monte. C'est bon signe. Tu gravis les marches en prenant bien soin de rester bien au centre de l'escalier, car les murs sont couverts d'insectes nécrophages. BEURK !

Tu atteins le haut de l'escalier au numéro 74.

69 Comme un coup de vent, tu passes entre les machineries rouillées et les tapis d'une chaîne de montage. À l'extrémité de la grande salle, tu déboules un interminable escalier, ensuite tu chutes dans une ouverture et tu glisses dans un corridor pour arriver beaucoup plus bas, tête première…

…sur la paroi rocailleuse d'une galerie souterraine, au numéro 76.

Rends-toi au numéro de la voie où tu désires aller.

71 Tu regardes partout autour de toi. Devant, il y a un tunnel, derrière toi aussi. Tu es assurément tombé très profond sous l'usine. Combien d'étages au juste ? Tu ne peux pas le savoir, tu as dégringolé jusqu'ici beaucoup trop vite. Remonter à la surface ne sera pas une mince affaire ; ce sera comme parcourir un labyrinthe…

Tu entends soudain le bruit cadencé d'une machine qui fonctionne au numéro 81.

72 L'un des deux rats lève la tête dans ta direction. IL T'A VU ! Tu décampes vers la sortie. Les deux rongeurs mutants se lancent à ta poursuite en sifflant et en grognant lugubrement. Sentant qu'ils gagnent du terrain, tu t'arrêtes sec, tu dégaines ton épée, et tu te places face à eux...

... au numéro 97.

73

OUPS ! C'est une impasse… *Retourne au numéro 58.*

74 Tout en haut de l'escalier, la dernière marche s'arrête devant une ouverture dans le plancher par laquelle tu peux apercevoir une glu verte dans un passage tout à fait en bas. Un petit tuyau va de la marche où tu te trouves jusqu'à l'autre côté, dans une pièce où se trouve une machine étrange. Il n'y a qu'un seul moyen de traverser, et c'est en jouant les funambules sur le tuyau…

Tente ta chance au numéro 63.

75

84 **66**

Rends-toi au numéro où tu veux aller.

76 Tu secoues la tête. Tu t'es fait trois égratignures et une bosse sur la tête.

Donc, en tout, tu dois enlever quatre points à ta ligne de vie… ZUT ! Va maintenant au numéro 71.

77 Cette locomotive a été construite pendant l'âge d'or des moteurs à vapeur, il y a très longtemps. Tu grimpes dans la cabine de conduite et tu pousses tout de suite un levier. Un grand sifflement retentit et la locomotive se met à avancer sur ses rails. Elle trace ensuite un grand cercle pour monter sur le pont qui surplombe le stationnement de l'usine… CELUI DONT UNE PORTION S'EST ÉCROULÉE ! La locomotive quitte les rails et tombe dans un épouvantable vacarme… AVEC TOI À BORD ! BRAAAOOOUUUMM !

Enlève cinq points en moins à ta ligne de vie, et retourne au numéro 91.

LES PAGES DU DESTIN

Rends-toi au numéro que tu as choisi.

79 Rapide comme l'éclair, tu tentes de frapper ce robot avec ton épée.

Mets un signet à cette page, ferme ton livre et essaie de l'ouvrir en visant bien le centre.

Si tu rates ton coup, va au numéro 85.

Si tu réussis à toucher le robot avec ton épée, rends-toi au numéro 83.

Rends-toi au numéro inscrit sur le chemin que tu vas prendre.

Le bruit se fait de plus en plus audible. Tu te retournes. À quelques mètres de toi, il y a une espèce de grille-pain quadrupède à deux bras qui arrive dans ta direction en poussant des gémissements presque humains. Eh bien ! CE SERA MÉTAL CONTRE MÉTAL !

Tu dégaines ton épée au numéro 79.

LES PAGES DU DESTIN

Tu presses un gros bouton. Rien. Aucune réaction. Tu le presses plusieurs fois. Toujours rien. Sur le côté de la machine, il y a deux fiches électriques qui ne sont plus branchées dans la prise de courant au mur. L'une des deux fiches te permettra de remettre en marche la machine, mais laquelle ? L'une provient de la machine, tandis que l'autre arrive du plafond, où tu peux apercevoir une grosse électrode, juste au-dessus de ta tête.

Rends-toi au numéro 89, et surtout… BRANCHE LE BON FIL !

83 Avec ton épée, tu parviens à briser plusieurs de ses pièces. Sur le sol, il tombe, et se brise avec fracas.

KRABROUM ! CRIIINK !

De sa carcasse métallique jaillissent des étincelles et des petits éclairs. Sur tes gardes, tu rengaines ton épée et tu te tournes vers l'autre côté de la galerie afin de sortir de cet endroit sinistre au plus vite.

Rends-toi au numéro 58.

84 OH ! tiens ! Il y a ici une distributrice automatique de boissons gazeuses. C'était sans doute pour la pause des employés de l'usine. Tu fouilles dans ta poche pour prendre de la monnaie que tu introduis aussitôt dans la fente réceptrice. OUAIP ! Il y a ta boisson préférée : le Koka vert aux pustules et aux verrues de pus. Tu ingurgites en une seule gorgée tout le contenu de la canette…

… et tu repars vers le numéro 58, avec deux points à ta ligne de vie en plus.

85 Ton épée passe à quelques centimètres du robot et va se planter profondément dans le sol. Lorsque tu t'apprêtes à la soulever à nouveau, le robot attrape la lame avec l'une de ses pinces et t'envoie une décharge électrique de plusieurs volts.

Enlève trois points à ta ligne de vie et retourne au numéro 79.

86 MAIS QU'EST-CE QUE C'EST QUE CETTE DÉGUEULASSERIE DANS LAQUELLE TU TE TROUVES JUSQU'AUX GENOUX ? C'est une espèce de glu infecte dans laquelle nagent allègrement des milliers de vers lumineux et des millions de bactéries jaunâtres…

Enlève un point à ta ligne de vie et retourne vite au numéro 58.

87 Après avoir inspecté l'endroit, tu remarques qu'il n'y a aucune sortie. Peut-être que si tu réussis à actionner cette machine, un passage va s'ouvrir ? Tu n'as pas vraiment le choix d'essayer.

Va au numéro 82.

88 Ce curieux bateau porte deux hélices : une à bâbord, et l'autre à tribord. C'est qu'il doit voler, à la place de flotter. C'est logique. Avant de pouvoir monter à bord, tu dois ouvrir une solide porte boulonnée. Tu tournes la poignée. Est-elle cependant verrouillée ?

Pour le savoir… TOURNE LES PAGES DU DESTIN !
Mets un signet à cette page, ferme ton livre et rouvre-le au hasard.

Si tu es tombé sur un trou de serrure noir, la porte est verrouillée. Va au numéro 90.

Si tu es tombé sur un trou de serrure blanc, la porte est déverrouillée ! Ouvre-la au numéro 104.

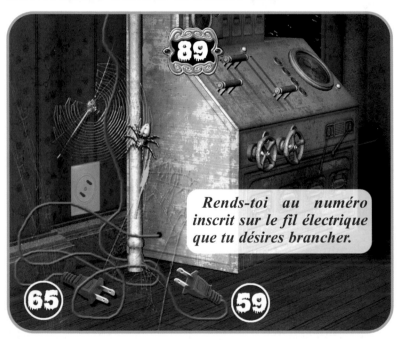

89

Rends-toi au numéro inscrit sur le fil électrique que tu désires brancher.

65   59

90 Elle est verrouillée ! Tu frappes de frustration la carlingue avec ton poing. Un gros boulon rouillé se détache de l'appareil et te tombe sur la tête, **POC** ! ET AÏE !

Tu enlèves un point à ta ligne de vie et tu retournes au numéro 91.

91

Rends-toi au numéro inscrit sur le véhicule que tu veux tenter d'utiliser.

88

77

106

LES PAGES DU DESTIN

92 Après avoir rampé à quatre pattes sur plusieurs mètres, tu t'arrêtes, car tu entends des grignotements lointains. BOF ! Tu te dis que ce ne sont probablement que de petites et inoffensives souris ou de vulgaires rats.

Tu avances et tu sors la tête du tunnel au numéro 95.

93 Le dos en contact avec le mur, le cœur battant d'excitation, tu avances lentement vers la sortie. Devant toi, à quelques mètres seulement, les deux rats mutants bouffent, avec voracité, les restes de nourriture couverts de moisissures verdâtres.

Tu retrousses le nez avec dégoût et tu quittes la salle pour aller au numéro 103.

94 À bâbord, tu aperçois un nuage épais dans lequel tu pourrais te cacher. VOILÀ TA CHANCE ! Tu mets tout ton poids sur la pédale et tu tournes le gouvernail vers la gauche pour foncer dans sa direction. Derrière toi, le dragon métallique suit tes moindres manœuvres. Lorsque tu parviens à t'introduire dans le grand amas de vapeur d'eau dans le ciel, le dragon, de crainte d'être affligé par une violente crise de rouille, n'a d'autre choix que de laisser sa proie. Il s'éloigne du nuage puis disparaît dans une autre direction.

Au même moment, dans les entrailles de ton véhicule volant, le dernier morceau de charbon se consume et les hélices s'arrêtent.

Tu n'as d'autre choix que de te laisser planer pour atterrir aux confins de la ville au numéro 107.

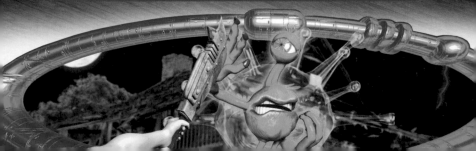

Ton intuition était bonne, ce sont des rats. Mais ce sont deux rats monstrueux transformés par l'absorption de liquides toxiques qui s'écoulent des tuyaux rouillés qu'il y a partout dans l'usine. Derrière toi, la trappe se referme dans le tunnel. Il n'y a plus qu'une seule voie qui s'offre à toi. Il faut que tu parviennes à traverser cette salle.

Tu fonces vers le numéro 62.

LES PAGES DU DESTIN

Voici la ville abandonnée qui est décrite sur ta carte.

Tu la survoles pendant quelques minutes jusqu'au numéro 98.

97 Le rat qui se trouve le plus près de toi bondit toutes griffes tendues. Tu frappes devant toi avec ton épée.

Mets un signet à cette page, ferme ton livre et essaie de l'ouvrir en visant bien le centre.

Si tu rates ton coup, va au numéro 100.

Si tu réussis à toucher le rat avec ton épée, rends-toi au numéro 105.

98 Comme si tu avais été toute ta vie pilote de l'air, tu manœuvres avec adresse l'espèce de bateau volant entre les nuages. Soudain, au loin, tu aperçois un point noir qui grossit à vue d'œil. Dans les airs, tu n'es pas seul !

Pour voir de quoi il s'agit, tu te jettes sur une longue-vue montée sur la proue de ton véhicule volant. Arrive à toute vitesse un dragon entièrement constitué de pièces métalliques.

PAS DE RISQUE À COURIR !

Tu te jettes sur le gouvernail et tu tournes plusieurs fois la grande roue pour aller en direction du numéro 102.

99 Lorsqu'il arrive à quelques mètres de toi, le dragon métallique ouvre sa gueule et crache un jet d'essence enflammée qui met le feu à ton véhicule volant. De chaque côté de ton appareil, les deux hélices s'arrêtent, et tu plonges vers le sol. L'atterrissage ne se fait pas sans douleur, et ton appareil se désintègre complètement au contact du sol.

BRAAAAAAAAAAAAAM !

Tu te relèves d'entre les débris et tu constates que tu n'as que deux petites blessures. QUELLE CHANCE TU AS D'ÊTRE TOUJOURS EN VIE !

Enlève deux points à ta ligne de vie, puis marche jusqu'aux confins de la ville au numéro 107.

100 Souple et rapide, le gigantesque rat esquive ton attaque et te saute dessus. Tu tombes avec lui lourdement sur le sol. BLANG !

(Enlève trois points à ta ligne de vie.)

Sur ta main qui tient l'épée, tu sens un liquide chaud qui coule. C'est le sang du rat qui, par chance pour toi, s'est embroché sur ta lame. Le deuxième, ayant perdu son petit copain, avance vers toi en te dévisageant de haine. Sa gueule ouverte laisse entrevoir ses dents longues et affûtées comme des poignards.

Va au numéro 101.

101 Alors que tu retires ton épée du corps du premier rat mutant, des centaines d'étranges scorpions de couleur orange jaillissent de la blessure du gros rongeur. Les arachnides se jettent tout de suite sur le deuxième rat pour le piquer partout et pour se nourrir de sa chair.

Avant qu'ils ne finissent leur frugal repas, tu te relèves, et tu t'enfuis vers le numéro 103.

Le dragon écarte ses deux ailes raides et se place directement dans ton sillage. Ce grand monstre métallique est bourré de mauvaises intentions, ça, c'est certain…

Va-t-il parvenir à t'attraper ? Pour le savoir…

TOURNE LES PAGES DU DESTIN !

S'il t'attrape, va au numéro 99.

Si tu réussis à t'enfuir, vole jusqu'au numéro 94.

103 L'écho de tes pas emplit l'intérieur d'un long corridor qui te conduit à l'extérieur de l'usine. Dehors, sous un pont à demi écroulé, sont garés plusieurs véhicules bizarroïdes. Que dois-tu faire maintenant ? Tu consultes ta carte et tu remarques qu'il y est fait mention d'une ville abandonnée que tu devras traverser. Il est clair pour toi que c'est à bord de l'un de ces véhicules que tu vas pouvoir le faire. Mais est-ce que l'un d'eux est toujours en état de fonctionner ?

Il n'y a qu'une façon de le savoir, c'est de les essayer, au numéro 91…

104 COOL ! Elle n'est pas verrouillée. Tu montes à bord et tu poses tes deux mains sur le gouvernail. Sur le plancher, tu remarques une pédale. Tu poses ton pied dessus et, aussitôt, telle une locomotive, le charbon s'enflamme et le moteur à vapeur vrombit. De chaque côté de l'appareil, les deux hélices se mettent, elles, à tourner très très vite. En quelques secondes à peine, tu t'élèves très haut dans le ciel…

… vers le numéro 96.

105 ZRAAAK ! Ton épée coupe littéralement le gros rat mutant en deux. De son corps jaillit soudain une meute frénétique de scorpions de couleur orange. Ces étranges arachnides se jettent aussitôt sur le deuxième rat. En quelques secondes à peine, le gros rongeur n'est plus qu'un tas d'os blanchis. Toujours en appétit, les scorpions se lancent maintenant vers toi. Tu fais tourner ton épée devant toi rapidement comme l'hélice d'un avion et tu parviens à les décapiter tous.

Le front ruisselant de sueur, tu te rends au numéro 103.

LES PAGES DU DESTIN

106 Tu as choisi la carriole à vapeur, car elle te fait penser à la vieille bagnole de ton grand-père. Tu montes à bord et tu t'assois derrière le volant. SUPER ! La clé est encore dans le contact. Tu la tournes. Le moteur ronronne et un nuage de vapeur chaude envahit aussitôt le véhicule… IL Y A UNE FUITE ! SAUVE-TOI ! La carriole explose, BLAAAMMM ! ce qui te projette violemment sur un arbre. Sous le choc, tu t'affales sur le sol, complètement assommé. Tu te réveilles en sursaut une heure plus tard couvert de brûlures, et d'égratignures.

Enlève trois points à ta ligne de vie et retourne au numéro 91.

107 Devant toi, il n'y a qu'une vaste étendue d'eau à perte de vue. Est-ce que tu aurais mal lu la carte ? Ne sachant plus quoi faire, tu la consultes à nouveau. Après le dessin de l'usine et des véhicules à vapeur, il y a bien cet endroit qui y est mentionné, mais qui semble mener nulle part. Juste en bas de la carte, il y a une phrase, ou plutôt une incantation.

ДАІꙄ НАꓭІМ ТUH ꙄⱯᖉƎꓯᗱƎꓶƎΗꓕ ! ꓘꐯITTAM ꓱIVHAИ

Elle est écrite avec des lettres inversées. Pour pouvoir lire ce qui y est écrit, il te faudrait placer la carte devant un miroir, ou devant une surface miroitante comme de l'eau… DE L'EAU ! Tu en as des milliards de litres devant toi. Tu t'approches tout de suite de la rive, et tu places la carte au-dessus de l'eau. Aussitôt, de grosses bulles d'air apparaissent à la surface, et dans un grand bouillonnement, les mats sombres d'une épave engloutie émergent de l'étendue d'eau.

Rends-toi au numéro 111.

108 Du pont du navire, une longue passerelle glisse jusqu'à tes pieds. Tu dégaines ton épée, prêt à frapper le premier monstre pirate qui ose se présenter devant toi. Au bout de quelques minutes, rien ne se produit. Tu en déduis donc que ce navire est là parce que tu l'as invoqué, toi, pour qu'il te conduise sur cette île mystérieuse où se trouve le fameux trésor des Tarentueurs.

Tu gravis une à une les planches de la passerelle pour monter à bord au numéro 115.

109 Tu marches en direction de la hutte en posant tes pieds avec d'infimes précautions sur des dalles. Alors que tu te trouves à mi-chemin, la mâchoire des crânes posés sur des piquets plantés dans le sol se met à claquer dans un concert lugubre. Tu essaies comme tu peux de les éviter, mais deux d'entre eux parviennent tout de même à te mordre.

Enlève deux points à ta ligne de vie, puis entre dans la hutte au numéro 114.

110 Le sorcier te lance un sourire cruel. Bon ! Ça, ce n'est aucunement dangereux, mais c'est malheureusement l'annonce qu'il va tenter quelque chose. Il prononce ensuite une incantation et lève ses bras dans ta direction. De ses mains ouvertes, un corbeau aux yeux injectés de sang émerge et charge sur toi, le bec grand ouvert. Tu rabats ton arme vers le grand oiseau noir.

Mets un signet à cette page, ferme ton livre et essaie de l'ouvrir en visant bien le centre.

Si tu rates ton coup, rends-toi au numéro 113.

Si tu réussis à toucher le corbeau avec ton épée, va au numéro 127.

Ahuri, ta mâchoire inférieure pendante, tu observes la scène. Est-ce le fruit de ton imagination ou est-ce que cette épave d'une époque éloignée est bien réelle ? Tu croirais voir un bateau fantôme sorti tout droit d'un film hollywoodien.

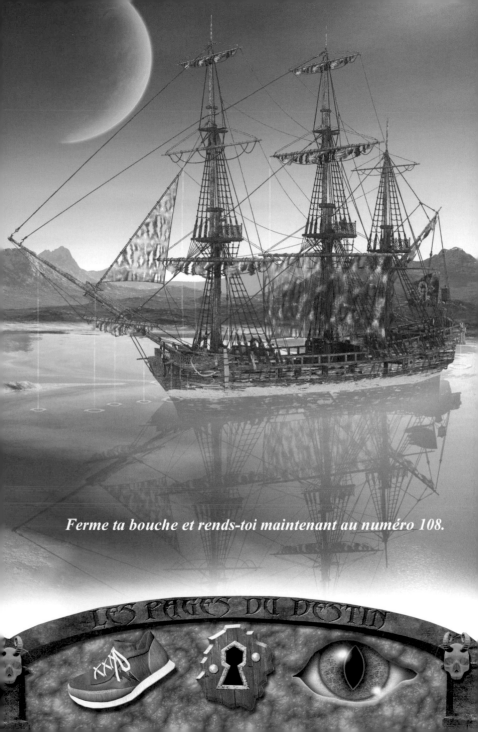

Ferme ta bouche et rends-toi maintenant au numéro 108.

LES PAGES DU DESTIN

112 Alors que tu poses tes pieds dans le sable, tu sens tout à coup une douleur très vive partout sur ton corps, comme des piqûres. (***Enlève un point à ta ligne de vie.***) Tu jettes des regards affolés tout autour de toi et tu constates qu'il n'y a aucun insecte. Qu'est-ce que ça signifie ? Tentant d'oublier ton mal, tu t'enfonces dans les terres. Dans ton esprit germe soudain une hypothèse : et si tu étais affligé d'un sortilège vaudou ? Tu es sur une île inconnue et mystérieuse après tout…

Tu marches vers une curieuse hutte en chaume que tu aperçois entre les arbres au numéro 120.

113 Le corbeau esquive ton attaque et se met à tourner autour de toi très vite, créant une rafale tournoyante qui te soulève du sol. Devant toi, le sorcier sourit de façon machiavélique. Il a des projets pour toi. Il ramasse sur la tablette d'ingrédients un flacon contenant de la poudre de blattes déshydratées et te déverse tout le contenu sur la tête. Tout devient noir et tu chavires dans l'inconscience…

… au numéro 132.

114 À l'intérieur de la hutte, tu es forcé de te boucher les narines tellement l'odeur est insupportable. C'est peut-être à cause de cet oiseau mort accroché à ce gros bambou qui tient la toiture en plein centre. Jamais vu pareil bazar de trucs vraiment horribles. Tu te croirais dans un film d'horreur de série B. Le mobilier, bon à jeter, a, de toute évidence, été fait à la main par quelqu'un qui n'était, justement, pas très doué avec ses mains. AÏE ! Les picotements deviennent si insupportables que tu te mets à grimacer de douleur.

Tu te tournes vers une table et tu aperçois, au numéro 121…

115 Alors que tu poses tes deux pieds sur le pont, la passerelle dégringole dans l'eau et le navire prend aussitôt la mer. À son bord, il n'y a ni équipage, ni capitaine pour le diriger. Tu scrutes l'horizon pendant de longues heures. Tout autour du navire, il n'y a qu'une mer, d'un calme oppressant. Soudain, comme sortie d'un rêve, une île magnifique apparaît. Quel endroit idyllique ! Mer bleue, sable blanc, palmiers, cocotiers... ET DES TEMPLES !

... au loin, au numéro 128.

116 Il n'y a qu'un seul moyen de savoir s'il s'agit bien de sables mouvants... C'EST DE MARCHER DESSUS ! Tu poses un pied devant, puis un autre. BON ! Le sol semble assez solide. Près de toi, il y a une liane qui pend d'un grand arbre. C'EST PARFAIT ! Si jamais tu t'enfonces, tu pourras t'agripper à elle pour ne pas sombrer. Lorsque tu fais un autre pas en avant, MALHEUR ! ta crainte se concrétise... TON PIED S'ENFONCE DANS DES SABLES MOUVANTS ! Tu te tournes vers la liane et constates qu'elle a des yeux. Ce n'est pas une liane, C'EST UN SERPENT VENIMEUX ! Parce qu'il n'y a rien à quoi t'agripper, tu cales comme une roche jusqu'au cou. Dans ta bouche pénètre un peu de sable. HUMM ! Ça goûte le gruau que ta mère te préparait.

Revitalisé par cette miraculeuse et aussi très inattendue mixture de flocons d'avoine, tu parviens à t'extirper du sol pour ensuite pénétrer dans la hutte au numéro 114. Remets ta ligne de vie à dix points...

Accroupi et caché dans la forêt tropicale, tu observes silencieusement le village. Le sorcier n'est pas le seul cinglé de la place. Ils sont plusieurs. Vaudrait peut-être mieux pas traîner ici, c'est trop risqué. Avant que tu puisses te relever, **POC !** tu reçois un coup de matraque indigène sur la tête.

Enlève deux points à ta ligne de vie, puis rends-toi au numéro 132.

LES PAGES DU DESTIN

118 Alors que tu empoignes la poupée, une grosse araignée velue et à tête humaine sort du jouet de chiffon et saute sur ta main. Figé par cette apparition soudaine, tu la regardes sautiller sur ton bras jusqu'à ton cou. Arrivé à destination, le mini vampire sur huit pattes plante ses deux mandibules dans ta peau, suce un peu de ton sang, et repart, rassasié. MAIS QU'EST-CE QUE TU FOUS ! Tu crois que c'est un film que tu regardes À LA TÉLÉ ? NON ! C'EST BIEN RÉEL ! Tu as maintenant deux petits trous dégoulinant de sang dans ton cou. Tu portes la main sur cette nouvelle blessure en te demandant si tu ne vas pas te transformer en répugnant vampire. Ce n'est que cette nuit que tu le sauras…

Enlève deux points à ta ligne de vie et retourne au numéro 121.

119 Alors que le dinosaure allait te dévorer vivant, un nuage de poussière s'élève autour de vous et le sol se dérobe. Tu tombes avec lui dans un énorme trou profond de plusieurs mètres. **BLAAANG !** Un peu sonné, tu te relèves tout de suite. Près de toi, le grand dinosaure, lui, gît encore sur le dos, incapable de se remettre sur ses deux jambes. Il rugit avec rage. Tu attrapes une liane et tu te hisses hors du trou, sur la terre ferme. Soudain, trois araignées à tête humaine surgissent d'une galerie souterraine. Tu regardes, affolé, ces gros arachnides qui se jettent en meutes sur le dinosaure. Tu as déjà vu ces bestioles immondes sur ta carte… CE SONT LES TARENTUEURS ! Il ne faut pas moisir ici. Alors que tu t'éloignes, les cris du grand reptile qui hurle sa souffrance se mêlent à des bruits lugubres de mastication.

Tu quittes le secteur vers le numéro 139, sans regarder derrière toi.

Devant toi la hutte se dresse. Combien de fois dans ta vie as-tu vu un endroit aussi macabre ? Une odeur infecte de putréfaction flotte tout autour de la petite construction. Partout, des lézards et des serpents grouillent dans le sol qui semble mou comme des sables mouvants putrides. Dans l'eau du marais, les plantes qui bougent sont la preuve qu'il y a quelque chose de bien en vie sous la surface. Trois sentiers conduisent à l'entrée de la hutte.

Lequel vas-tu emprunter ?

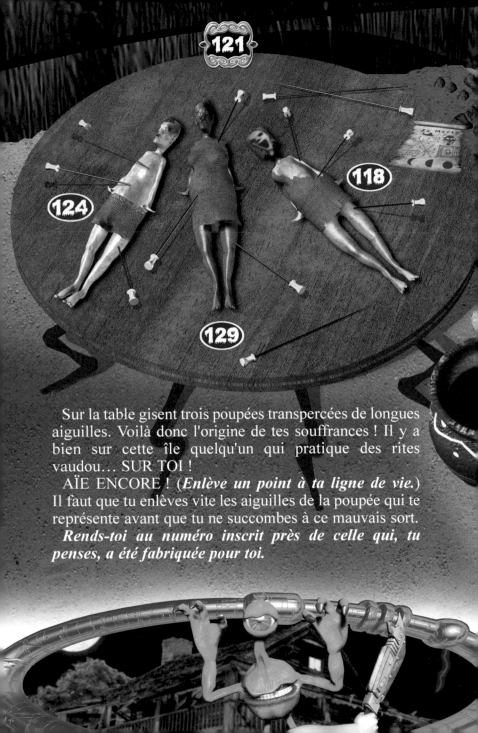

Sur la table gisent trois poupées transpercées de longues aiguilles. Voilà donc l'origine de tes souffrances ! Il y a bien sur cette île quelqu'un qui pratique des rites vaudou… SUR TOI !

AÏE ENCORE ! (*Enlève un point à ta ligne de vie.*) Il faut que tu enlèves vite les aiguilles de la poupée qui te représente avant que tu ne succombes à ce mauvais sort.

Rends-toi au numéro inscrit près de celle qui, tu penses, a été fabriquée pour toi.

122 Ton pied droit s'incruste dans la saillie d'une grande roche plate et tu trébuches. Au-dessus de toi, le grand prédateur sait que, maintenant, il te tient à sa merci. Il pose l'une de ses pattes puissantes sur ton corps. Écrasé sous son poids, tu as peine à respirer.

Enlève cinq points à ta ligne de vie, puis rends-toi au numéro 119.

123 L'exploration de ce temple en ruine ne sera pas une mince affaire. Il pourrait s'écrouler à tout moment au moindre petit tremblement de terre. Lorsque tu parviens à l'entrée, tu constates qu'il te faudra ouvrir une grande porte pour pénétrer à l'intérieur. Tu espères qu'elle est ouverte parce que tu ne pourras certainement pas l'ouvrir d'un coup d'épaule. Tout l'édifice s'écroulerait. Est-ce que la porte est verrouillée ?

Pour le savoir… TOURNE LES PAGES DU DESTIN ! Mets un signet à cette page, ferme ton livre et rouvre-le au hasard.

Si tu es tombé sur un trou de serrure noir, la porte est verrouillée. DOMMAGE ! Va au numéro 135.

Si tu es tombé sur un trou de serrure blanc, la porte est déverrouillée ! Pénètre dans le temple au numéro 138.

124 Tu saisis la poupée qui te ressemble vaguement et tu extirpes de ce jouet diabolique toutes les aiguilles. Tout à coup, du sol terreux de la hutte, comme le fait un mort-vivant de sa tombe…

… émerge un corps sombre au numéro 130.

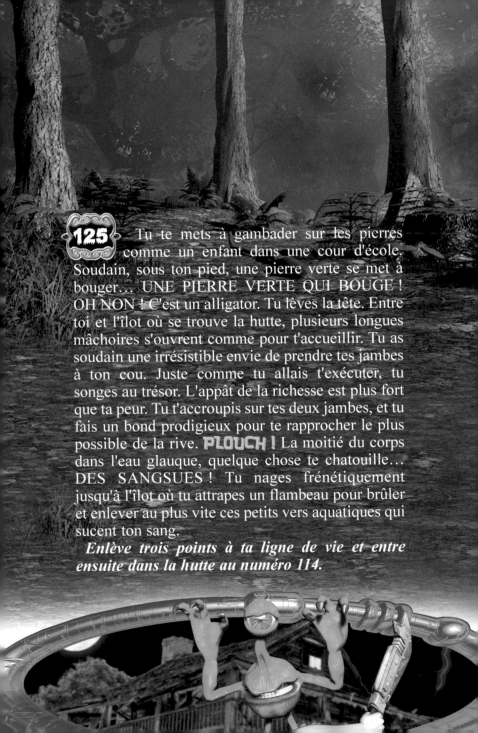

125 Tu te mets à gambader sur les pierres comme un enfant dans une cour d'école. Soudain, sous ton pied, une pierre verte se met à bouger… UNE PIERRE VERTE QUI BOUGE ! OH NON ! C'est un alligator. Tu lèves la tête. Entre toi et l'îlot où se trouve la hutte, plusieurs longues mâchoires s'ouvrent comme pour t'accueillir. Tu as soudain une irrésistible envie de prendre tes jambes à ton cou. Juste comme tu allais t'exécuter, tu songes au trésor. L'appât de la richesse est plus fort que ta peur. Tu t'accroupis sur tes deux jambes, et tu fais un bond prodigieux pour te rapprocher le plus possible de la rive. PLOUCH ! La moitié du corps dans l'eau glauque, quelque chose te chatouille… DES SANGSUES ! Tu nages frénétiquement jusqu'à l'îlot où tu attrapes un flambeau pour brûler et enlever au plus vite ces petits vers aquatiques qui sucent ton sang.

Enlève trois points à ta ligne de vie et entre ensuite dans la hutte au numéro 114.

126 Un coin de verdure paisible ! Voilà ce qu'il te faut pour te remettre de toutes ces péripéties. D'ailleurs, il y a longtemps que tu ne t'es pas offert une petite balade dans un coin de nature. Tu marches dans cette magnifique forêt. Si ce n'était pas de cette chasse folle au trésor dans laquelle tu t'es engagé, tu te croirais en vacances scolaires. Alors que tu reprends ton souffle et tes forces, un grondement terrible se fait entendre sur toute l'île.

GRAAOOOUUUUWWW !

À pas prudents, tu avances vers la provenance de ce hurlement de grosse bête au numéro 137.

127 ZRAAAK ! BRAVO ! Le corbeau vient de tomber raide mort sur le sol. Toi qui pensais au début de cette aventure que ton épée ne te servirait qu'à étendre du beurre d'arachide sur tes rôties… Tu es vraiment une personne de peu de foi.

Tu lèves ton arme ensuite pour menacer le sorcier. Sous son maquillage, il t'est difficile de voir qu'il est effrayé, mais ne t'en fais pas… IL L'EST ! Il sort de la hutte en hurlant de peur.

Tu le pourchasses jusqu'à son village au numéro 117.

LES PAGES DU DESTIN

Lorsque, enfin, le navire accoste, tu enjambes les bastingages et tu sautes sur la rive…
… au numéro 112.

129 Tu ramasses la poupée de chiffon et tu enlèves toutes les aiguilles. AÏE ! ENCORE ! Tu as encore mal. Ce n'est pas la bonne.
Enlève un autre point à ta ligne de vie, et dépose-la tout de suite pour en prendre une autre au numéro 121.

LES PAGES DU DESTIN

130

Ici, les présentations sont totalement inutiles… Il s'agit du locataire de ce lieu obscur. Et comme tu sais, il n'y a pas plus dangereux qu'un sorcier perfide à qui l'on vient de tripoter les joujoux démoniaques.

Va au numéro 110.

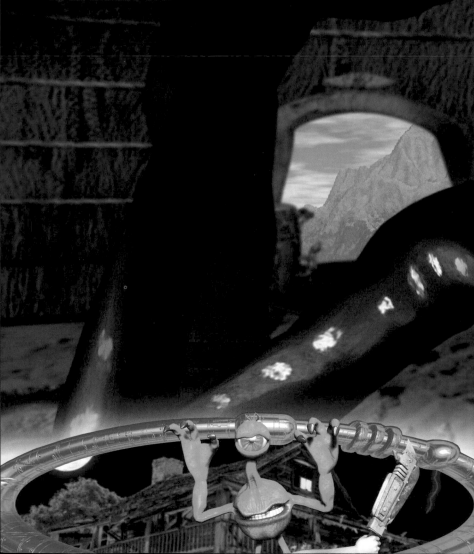

LES PAGES DU DESTIN

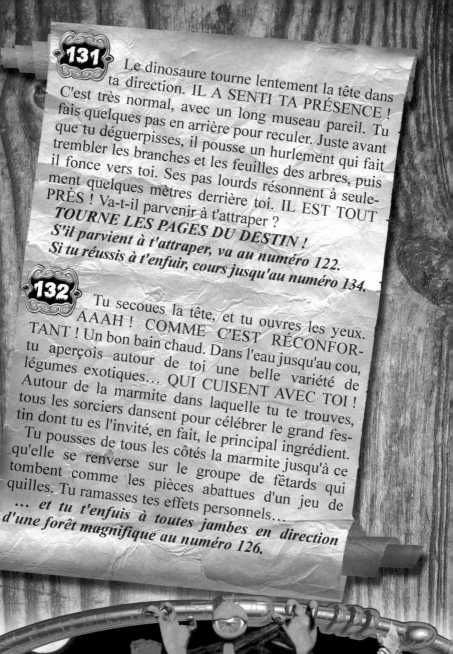

131

Le dinosaure tourne lentement la tête dans ta direction. IL A SENTI TA PRÉSENCE ! C'est très normal, avec un long museau pareil. Tu fais quelques pas en arrière pour reculer. Juste avant que tu déguerpisses, il pousse un hurlement qui fait trembler les branches et les feuilles des arbres, puis il fonce vers toi. Ses pas lourds résonnent à seulement quelques mètres derrière toi. IL EST TOUT PRÈS ! Va-t-il parvenir à t'attraper ?

TOURNE LES PAGES DU DESTIN !
S'il parvient à t'attraper, va au numéro 122.
Si tu réussis à t'enfuir, cours jusqu'au numéro 134.

132

Tu secoues la tête, et tu ouvres les yeux. AAAH ! COMME C'EST RÉCONFORTANT ! Un bon bain chaud. Dans l'eau jusqu'au cou, tu aperçois autour de toi une belle variété de légumes exotiques… QUI CUISENT AVEC TOI ! Autour de la marmite dans laquelle tu te trouves, tous les sorciers dansent pour célébrer le grand festin dont tu es l'invité, en fait, le principal ingrédient. Tu pousses de tous les côtés la marmite jusqu'à ce qu'elle se renverse sur le groupe de fêtards qui tombent comme les pièces abattues d'un jeu de quilles. Tu ramasses tes effets personnels…

… et tu t'enfuis à toutes jambes en direction d'une forêt magnifique au numéro 126.

133 NOOON ! Juste comme tu arrives à toute allure dans la trajectoire de la lame, elle arrive elle aussi devant toi. **BOOONG !** Tu t'écrases littéralement sur son côté plat. (*Enlève un point à ta ligne de vie.*) Tu n'as pas été coupé en deux, mais tu te retrouves complètement assommé. Ton corps inerte bascule dans une fosse où reposent des dizaines de squelettes désarticulés. **BOOONG** ENCORE ! (*Enlève deux autres points à ta ligne de vie.*) Lorsque tu ouvres les yeux, plusieurs crânes au regard effaré te dévisagent.

C'est une chance que tu aies trouvé ce tunnel sombre qui te ramène au numéro 144.

134 Derrière toi, les pas lourds du dinosaure se font de moins en moins audibles. Tu es parvenu à le semer. Cependant, l'épée brandie devant toi, tu te tiens sur tes gardes : ce grand reptile n'est certainement pas le dernier de son espèce sur cette île.

Tu poursuis ta marche forcée dans les dédales de la jungle jusqu'au numéro 139.

LES PAGES DU DESTIN

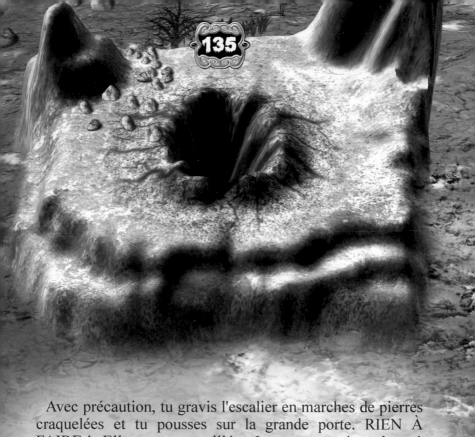

Avec précaution, tu gravis l'escalier en marches de pierres craquelées et tu pousses sur la grande porte. RIEN À FAIRE ! Elle est verrouillée. Lorsque tu t'apprêtes à redescendre les marches, tu aperçois, au loin, une curieuse formation rocheuse au bout de laquelle il y a un immense trou. Tu as déjà vu ce genre de chose dans un documentaire sur les animaux d'Afrique à la télé. Par contre, celui-là est comme un trou de termites… IL EST GIGANTESQUE !

Ton épée braquée en direction de cette curieuse protubérance, tu avances au numéro 145.

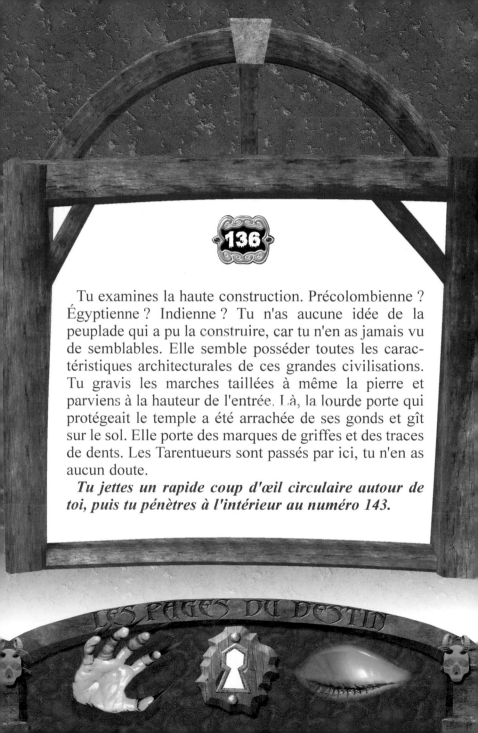

136

Tu examines la haute construction. Précolombienne ?
Égyptienne ? Indienne ? Tu n'as aucune idée de la
peuplade qui a pu la construire, car tu n'en as jamais vu
de semblables. Elle semble posséder toutes les carac-
téristiques architecturales de ces grandes civilisations.
Tu gravis les marches taillées à même la pierre et
parviens à la hauteur de l'entrée. Là, la lourde porte qui
protégeait le temple a été arrachée de ses gonds et gît
sur le sol. Elle porte des marques de griffes et des traces
de dents. Les Tarentueurs sont passés par ici, tu n'en as
aucun doute.

Tu jettes un rapide coup d'œil circulaire autour de
toi, puis tu pénètres à l'intérieur au numéro 143.

Alors là, maintenant, tu vas pouvoir te vanter d'avoir vraiment tout vu. Dire que tous les scientifiques du monde croient dur comme fer que ces grands reptiles de l'ère jurassique sont disparus depuis des millions d'années. Dommage que tu n'aies pas emporté un appareil photo.

Va au numéro 131.

LES PAGES DU DESTIN

Tu pousses la porte avec d'infimes précautions, et ensuite tu pénètres sur la pointe des pieds dans ce lieu étrange. Autour de toi, tout est vraiment bizarre. Les murs bougent comme s'ils étaient en vie. À la voûte, tu remarques plusieurs grosses stalactites qui, tout à coup, descendent vers toi comme les dents d'une bouche monstrueuse. Un rire caverneux résonne soudain. Ce temple n'est pas du tout en ruine… IL EST VIVANT !

Tu te propulses vers la sortie au numéro 140.

139 Après avoir marché pendant des heures, tu te retrouves dans le genre d'endroit que l'on voit seulement en image dans les livres d'histoire. Quatre temples jadis d'une grande splendeur surplombent la cime des arbres. Voilà devant toi les derniers vestiges d'une grande civilisation disparue que la végétation a incontestablement commencé à ronger.

Presque hystérique, tu sors la carte de ta poche pour la consulter. Dessinées sur le vieux papier jauni, il y a bien ces quatre grandes constructions plusieurs fois millénaires... C'EST LA VILLE DES TEMPLES ! Tu es vraiment arrivé au bon endroit. Cependant, la carte ne t'en révèle pas plus. À partir de maintenant, tout dépend de toi, de ta perspicacité, de ton sens de la logique, et bien entendu... DE TA BRAVOURE !

Rends-toi au numéro 144.

140 Juste au moment où tu arrivais près de la porte, plusieurs grandes dents se rabattent sur toi et t'emprisonnent. Des émanations volatiles de corps en décomposition se font sentir lorsqu'une énorme langue gluante apparaît d'un grand couloir. Tu frappes énergiquement avec ton épée les grandes dents de pierre devant toi et tu parviens à en briser une et à te dégager la voie. Juste comme tu allais sortir, le dégoûtant organe claque et t'estampille le dos comme un fouet. Tu es projeté violemment à l'extérieur. Sa bave acide ronge tes vêtements et te brûle la peau. (*Enlève deux points à ta ligne de vie.*) Tu l'as échappé belle !

Retourne au numéro 144.

141 RATÉ ! Lorsque tu essaies de soulever à nouveau ton épée, trois de ces grosses boules dégoûtantes à plusieurs yeux se collent à toi pour te soulever. Compressé de la sorte, tu peux à peine respirer. Les trois créatures t'emportent au sommet de la tour et te déposent sur une petite plateforme à l'extérieur. Tu voulais voir le panorama, et bien tu es servi. Mais, comment veux-tu admirer la magnificence du paysage quand tu sais qu'elles t'ont conduit ici probablement pour t'offrir en sacrifice ? C'EST IMPOSSIBLE ! Tu sais ce qui va t'arriver, car tu as déjà lu des livres sur le sujet.

Les trois créatures étranges quittent ensuite la plate-forme en refermant une solide porte de pierre derrière elles. Au loin, un terrible rugissement retentit. GRAAAOOOUU !

Retourne-toi au numéro 151 pour voir quelle créature, du genre King Kong, s'amène.

142 Le grand temple circulaire s'élève très haut dans le ciel. Si tu parviens à monter au dernier étage, tu auras une vue d'ensemble de la région qui te permettrait de préparer une stratégie. Niché au cœur de la jungle comme ça, tu pourrais voir toute l'île.

Mais à peine as-tu mis un pied à l'intérieur que tu es aussitôt accueilli par un groupe de monstres ressemblant étrangement aux Pacmans dans les anciens jeux vidéo.

Dégaine ton épée tout de suite au numéro 149.

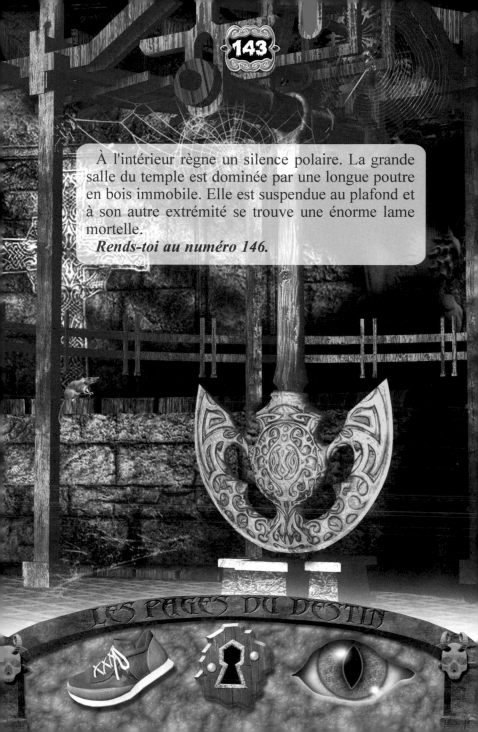

À l'intérieur règne un silence polaire. La grande salle du temple est dominée par une longue poutre en bois immobile. Elle est suspendue au plafond et à son autre extrémité se trouve une énorme lame mortelle.

Rends-toi au numéro 146.

LES PAGES DU DESTIN

144

142

153

Rends-toi au numéro inscrit près du temple que tu désires explorer.

LES PAGES DU DESTIN

145 Tu l'escalades pour regarder à l'intérieur. Malgré que le trou semble aller profondément dans le sol…
… tu t'y introduis au numéro 158.

146 En se balançant de gauche à droite, ce pendule tranchant peut couper en deux le corps de tout impudent qui oserait s'approprier le plan de la ville des temples qui se trouve de l'autre côté de la salle. Tu te dis que, avec ce plan, il te serait très facile de trouver le repaire des Tarentueurs, et ainsi, le trésor. Alors, tu tentes ta chance.

Mais à peine as-tu fait un pas que ton pied se pose sur une petite dalle. La dalle s'enfonce dans le plancher et actionne aussitôt un mécanisme. La grande lame se soulève rapidement vers la gauche et revient ensuite vers la droite. Son mouvement de va-et-vient mortel est commencé. Il vaudrait peut-être mieux que tu tentes de trouver le trésor sans ce bout de papier qui se trouve de l'autre côté de cette lame dangereuse… NON ? C'est comme tu veux.

Tu peux retourner maintenant au numéro 144 pour choisir un autre temple à visiter.

Ou tu peux tenter de récupérer ce précieux plan, au numéro 150. À TOI DE CHOISIR !

147 Sans attendre, tu gueules à tue-tête l'incantation : OURGA-TRAX-MYURE ! De la mer, un grand remous se forme et un dragon tout bleu apparaît. Dans le ciel, un combat de titans s'amorce… LE FEU CONTRE L'EAU ! Au bout de quelques minutes, le dragon d'eau remporte la victoire et s'engouffre dans la mer avec son adversaire.

Avec précaution, tu redescends comme un alpiniste les murs extérieurs du temple jusqu'au sol, au numéro 144.

144   123

135

145

158   159   156

Avec audace et hardiesse, tu t'élances vers la lame juste comme elle passe devant toi. C'était très bien calculé de ta part. En trois grandes enjambées, tu te retrouves devant le plan de la ville des temples. Maintenant, tu connais le chemin pour te rendre au trésor.

Ce plan est enfin à toi ! Mets un signet à cette page si tu veux le consulter plus tard. Retourne maintenant au numéro 144.

LES PAGES DU DESTIN

149 Avec ton épée, tu vas tenter d'expédier tous ces monstres en enfer. Rapide comme l'éclair, tu frappes.

Mets un signet à cette page, ferme ton livre et essaie de l'ouvrir en visant bien le centre.

Si tu rates ton coup, va au numéro 141.

Si tu réussis à les toucher avec ton épée, rends-toi au numéro 154.

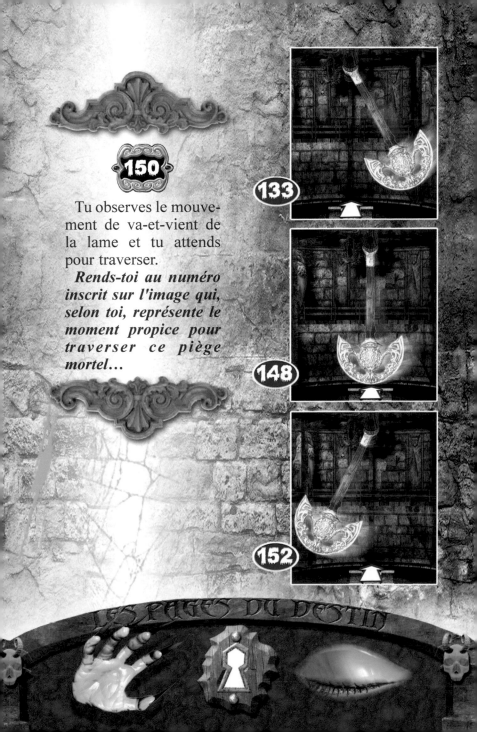

150

Tu observes le mouvement de va-et-vient de la lame et tu attends pour traverser.

Rends-toi au numéro inscrit sur l'image qui, selon toi, représente le moment propice pour traverser ce piège mortel…

133

148

152

LES PAGES DU DESTIN

Voilà à qui tu es donné en sacrifice : une espèce de dragon volant affamé. EST-CE LA FIN POUR TOI ?
Va au numéro 155.

152 Lorsque tu arrives à un mètre près de la lame, tu constates avec frayeur que tu as très mal calculé ton coup. TU ES SUR LE POINT D'ÊTRE TRANCHÉ EN DEUX COMME UNE POMME ! Tu essaies d'arrêter ton élan, mais c'est impossible. Résolu, tu fermes les yeux et tu attends que tout soit terminé. Tu te dis que, dans une seconde, une jolie musique se fera entendre et ce sera la fin, comme dans les films. Au bout d'une TRÈS TRÈS longue minute, tu ouvres un œil. La lame se trouve seulement à quelques centimètres de ton nez, immobile... SON MÉCANISME S'EST ENRAYÉ ! C'est une chance, sauf qu'à cause de cela, la voûte commence à s'écrouler... LAISSE FAIRE LE PLAN ! Sauve plutôt ta vie.

Tu retournes au numéro 144 pour choisir un autre temple. L'intérieur de celui-là est maintenant complètement bloqué par un amas de grosses poutres. TU NE PEUX PLUS ENTRER POUR ALLER CHERCHER LE PLAN !

153 Le plus petit temple, un sanctuaire, comporte des sculptures qui te rappellent certains de tes cauchemars. Lorsque tu atteins le dernier étage, une vue magnifique sur la mer s'offre à toi. Sur cette vaste étendue, tu aperçois tout à coup une montagne sur laquelle trône une entrée majestueuse. Tu sais au plus profond de toi que c'est à cet endroit que se trouve le trésor de tous les trésors.

Retourne au numéro 144 pour trouver la voie qui te conduira à la richesse...

LES PAGES DU DESTIN

154 **ZRAAAK !** Et BEURK ! Le corps du premier de ces boules monstrueuses gît sur le sol comme un raisin écrasé. Alors que tu crois avoir réussi à effrayer les deux autres, ces grosses boules dégoûtantes à plusieurs yeux se collent à toi et t'emportent au sommet de la tour, sur une petite plateforme à l'extérieur. Tu voulais voir le panorama, eh bien, tu es servi. Mais, comment veux-tu admirer la magnificence du paysage quand tu sais que tu seras offert en sacrifice ? C'EST IMPOSSIBLE ! Tu sais ce qui va t'arriver, car tu as déjà lu des livres sur le sujet. Les trois créatures étranges quittent ensuite la plateforme en refermant une solide porte de pierre derrière elles. Au loin, un terrible rugissement retentit. **GRAAAOOOUU !**

Retourne-toi au numéro 151 pour voir quelle créature, du genre King Kong, s'amène.

155 Tu te rappelles tout à coup le fameux Bestiaire de Drakken que tu as trouvé plus tôt dans la bibliothèque du manoir. Le texte expliquait, entre autres, que la seule façon de tuer ces monstres volants qui crachent du feu était d'invoquer un dragomer, qui, lui, crache de l'eau. Quelle était déjà cette incantation ?

Si tu crois que c'est : OURGA-TRAX-MYURE ! rends-toi au numéro 147.

Si tu penses que c'est plutôt : JAY-PEURRE-DEMONOMBRE ! va au numéro 164.

156

Devant toi, comme s'ils t'attendaient, les trois Tarentueurs se dressent entre toi et le trésor.
Rends-toi au numéro 157.

LES PAGES DU DESTIN

157 OUI ! Le trésor des trésors est juste là, derrière cette porte, derrière ces trois gigantesques araignées à tête humaine. Comme les dizaines de crânes qui jonchent le sol en témoignent, tu n'es pas le premier à vouloir essayer de leur subtiliser leur richesse. Rapide, tu dégaines ton épée et tu tentes de décapiter le premier Tarentueur devant toi.

Mets un signet à cette page, ferme ton livre et essaie de l'ouvrir en visant bien le centre.

Si tu rates ton coup, va au numéro 167.

Si tu réussis à atteindre le Tarentueur, rends-toi au numéro 166.

158 Sous la surface de la terre, une interminable galerie humide s'étend sur des kilomètres devant toi. Après plusieurs heures, tu constates que de l'eau s'écoule à grosses gouttes de la partie supérieure de la galerie. L'eau commence à s'accumuler dangereusement sur le sol. Tu te doutes que juste au-dessus de ta tête... IL Y A LA MER !

Mais au bout de chaque tunnel sombre, il y a toujours la lumière, une lumière si bienfaisante que, d'un seul coup, toute ta vitalité est revenue.

Remets tous tes points de ta ligne de vie et rends-toi au numéro 159.

La voici enfin, l'île des Tarentueurs. Tu escalades les centaines de marches, et tu pénètres dans cet antre de la mort…

… au numéro 156.

LES PAGES DU DESTIN

160 Une belle guirlande d'étoiles vient soudain d'apparaître autour de toi. OH ! Regarde là-bas, il y a une très irrésistible lumière vive ! BYE BYE !

Toi qui croyais gagner, avec cette aventure, une fortune afin de t'acheter une grande et magnifique maison sur le bord d'une mer bleue, eh bien ! tout ce que tu auras réussi à remporter, c'est une simple boîte en bois, de ta taille, placée sous terre, dans un très sombre cimetière…

FIN

161 **ZVOOUUCH !** Tu l'as raté… ENCORE !
Le Tarentueur pointe ses mandibules dans ta direction et crache une deuxième fois.
SLUUUURB ! SLUUURB !
Cinq autres points de ta ligne de vie viennent encore de disparaître. Va au numéro 160.

162 **ZRAAAK !** TU AS RÉUSSI À LE DÉCAPITER LUI AUSSI ! Le deuxième Tarentueur tombe lourdement sur le sol et son corps éclate comme le premier dans une explosion de glu dégoûtante… Il ne reste plus qu'un seul de ces arachnides meurtriers. Tu te places devant ce dernier et tu soulèves ton arme… *Vise avec ton livre…*
Si tu rates ton coup, va au numéro 169.
Si tu réussis à atteindre le dernier Tarentueur, rends-toi au numéro 163.

163 **ZRAAAK !** Frappé mortellement, le dernier Tarentueur titube sur ses huit longues pattes velues et s'affaisse sur le plancher, mort, comme les deux autres.
Rends-toi au numéro 175.

164 Pas certain que ce soit la bonne incantation, tu prononces tout haut ces mots : JAY-PEURRE-DEMONOMBRE ! Au loin, rien ne se produit. TU T'ES TROMPÉ ! Le dragon fonce sur toi en crachant un long jet de flammes. Tu te penches dans le vide. Sauter dans le petit étang verdâtre au pied du temple est ta seule chance de salut. Tu n'hésites pas une seconde… TU PLONGES ! Une centaine de mètres plus bas, tu t'enfonces dans ce mélange d'eau jaunâtre et d'algues carnivores.

Enlève trois points de moins à ta ligne de vie, et retourne au numéro 144.

165 **ZVOOUUCH !** TU AS ENCORE MAL VISÉ… Le Tarentueur pointe ses mandibules dans ta direction et crache une dernière fois.

SLUUUURB ! SLUUURB !

Les cinq derniers points de ta ligne de vie viennent de disparaître. Va au numéro 160.

166 **ZRAAAK !** TU AS DÉCAPITÉ D'UN SEUL COUP LE PREMIER TARENTUEUR !

Son corps tombe lourdement sur le sol et éclate dans une explosion de glu dégoûtante… Il ne reste plus que deux de ces arachnides meurtriers. Tu te places devant le deuxième et tu soulèves ton épée…

Vise maintenant avec ton livre…
Si tu rates ton coup, rends-toi au numéro 172.
Si tu réussis à atteindre ce monstre, va au numéro 162.

167 **ZVOOUUCH !** C'est raté…

Le Tarentueur pointe ses mandibules dans ta direction et crache vers toi un long jet de bave acide.

SLUURB ! SLUURB ! SLUURB ! SLUURB !

Cinq points de ta ligne de vie viennent de disparaître d'un seul coup. Tu soulèves ton épée et tu frappes devant toi.

Si tu rates encore ton coup, va au numéro 161.

Si tu réussis à atteindre le Tarentueur, rends-toi au numéro 170.

168 **ZRAAAK !** TU L'AS DÉCAPITÉ LUI AUSSI !

Le deuxième Tarentueur tombe lourdement sur le sol et son corps éclate, comme le premier, dans une explosion de glu dégoûtante… Il ne reste plus qu'un seul de ces arachnides meurtriers. Tu te places devant le dernier, et tu soulèves ton épée…

Vise avec ton livre…

Si tu rates ton coup, va au numéro 171.

Si tu réussis à atteindre le dernier Tarentueur, rends-toi au numéro 163.

169 **ZVOOUUCH !** C'est raté…

Le dernier Tarentueur pointe ses mandibules dans ta direction et crache vers toi une salve de bave acide.

SLUUUURB ! SLUUURB !

Cinq points de ta ligne de vie viennent de disparaître d'un seul coup. Tu soulèves à nouveau ton arme. Vise bien avec ton livre.

Si tu rates encore ton coup, va au numéro 165.

Si tu réussis à atteindre le Tarentueur, rends-toi au numéro 163.

170 **ZRAAAK !** TU L'AS ENFIN TOUCHÉ !
Son corps tombe lourdement sur le sol et éclate dans une explosion de glu dégoûtante… Il ne reste plus que deux de ces arachnides meurtriers. Tu te places devant le deuxième, et tu soulèves ton arme…

Vise avec ton livre...

Si tu rates ton coup, va au numéro 173.

Si tu réussis à atteindre ce deuxième Tarentueur, rends-toi au numéro 168.

171 **ZVOOUUCH !** C'est raté…
Le dernier Tarentueur pointe ses mandibules dans ta direction et crache lui aussi une salve de bave acide.
SLUUUURB ! SLUUURB !

Tes cinq derniers points de vie viennent de disparaître d'un seul coup. Rends-toi au numéro 160.

172 **ZVOOUUCH !** Tu l'as raté !
Le deuxième Tarentueur pointe ses mandibules dans ta direction et il crache, lui aussi, une salve de bave acide vers toi.
SLUUUURB ! SLUUURB !

Cinq points de ta ligne de vie viennent de disparaître d'un seul coup. Tu soulèves encore ton épée.

Vise bien le centre de ton livre.

Si tu rates ton coup, va au numéro 174.

Si tu réussis à atteindre le Tarentueur, rends-toi au numéro 168.

173 **ZVOOUUCH!** Tu l'as raté…

Le Tarentueur pointe ses mandibules dans ta direction et il crache, lui aussi, une salve de bave acide vers toi.

SLUUUURB ! SLUUURB ! L'attaque t'est fatale…

Cinq autres points de ta ligne de vie viennent encore de disparaître. Va au numéro 160.

174 **ZVOOUUCH!** Tu l'as raté…

Le Tarentueur pointe encore ses mandibules dans ta direction, et crache une autre salve.

SLUUUURB ! SLUUURB !

Cette attaque t'est fatale…

Cinq autres points de ta ligne de vie viennent encore de disparaître. Va au numéro 160.

175 Le dernier Tarentueur exterminé, tu avances, fébrile, en contournant les crânes vers la grande porte derrière laquelle se cache le trésor. Alors que tu arrives devant elle, elle s'ouvre, comme par magie.

C'est comme l'indiquait la carte de l'arrière-arrière-grand-oncle de ton grand-père, C'EST LE TRÉSOR DES TRÉSORS ! Amassé ici depuis des millénaires, depuis la nuit des temps. Des tonnes de pièces d'or et d'argent, des doublons espagnols, des louis d'or, des coffres remplis de pierres précieuses, des sculptures anciennes et très rares, des tableaux extraordinaires, des colliers de perles majestueux, des couronnes de princesses constellées de diamants, des vases d'une valeur inestimable…

Tu sais très bien cependant qu'avec cette fortune, tu ne pourras pas acheter le bonheur, mais tu pourras cependant t'acheter un tas de choses. Tu pourrais, par exemple, te payer en premier… UN BON BAIN !

FÉLICITATIONS !
TU AS RÉUSSI À TERMINER
CETTE AVENTURE…